高职高专艺术设计类规划教材建设单位

（按照汉语拼音排序）

北京电子科技职业学院　　　　东北大学东软信息学院

海口经济职业技术学院　　　　鹤壁职业技术学院

河南财政税务高等专科学校　　河南工程学院

河南经贸职业学校　　　　　　金华职业技术学院

辽宁大学　　　　　　　　　　辽宁经济职业技术学院

辽宁省交通高等专科学校　　　洛阳理工学院

漯河职业技术学院　　　　　　濮阳职业技术学院

山东英才学院　　　　　　　　沈阳现代美术学校

沈阳新华印刷厂　　　　　　　四川烹饪高等专科学校

武汉工业职业技术学院　　　　西安机电信息学院

郑州轻工学院轻工职业学院

高职高专艺术设计类规划教材

设计色彩

SHEJI
SECAI

肖亚兰 主编　　孙 艳 副主编

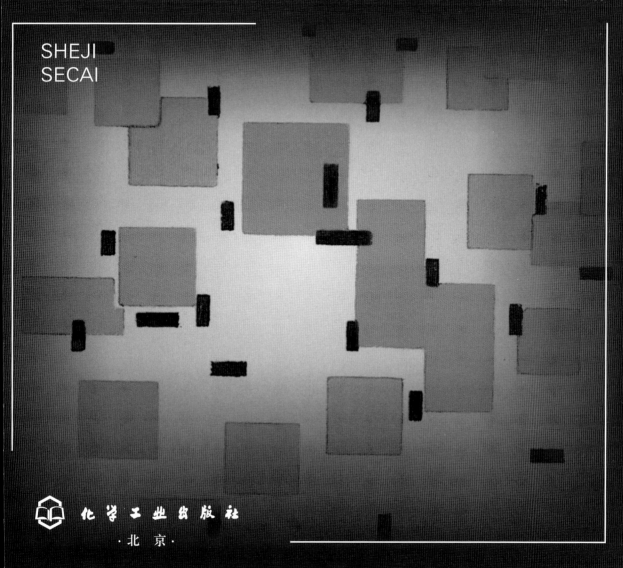

化学工业出版社
·北京·

本书主要内容包括色彩原理、写生色彩与设计色彩的区别联系、色彩的表现方法与创意和设计色彩在各行业的发展趋势及应用等。

本书可作为高职高专、成人、远程教育各类艺术设计专业的专业教材，它通过研究写生色彩的基本规律，强化写生色彩与设计色彩之间的相互关系，引导学生从写生色彩中领悟出设计色彩的用色规律，将感性认识与理性分析完美结合；它主张设计色彩应破除传统写生色彩教学的束缚，从写生色彩中归纳发现用技巧，走自己专业的道路，并提出了怎样学好设计色彩的学习方法，解决艺术设计专业设计的过渡与衔接，从而为学生进入专业学习打下良好的基础。

图书在版编目（CIP）数据

设计色彩/肖亚兰主编. —北京：化学工业出版社，2010.1

高职高专艺术设计类规划教材

ISBN 978-7-122-05888-1

Ⅰ.设…　Ⅱ.肖…　Ⅲ.色彩学-高等学校：技术学院-教材　Ⅳ.J063

中国版本图书馆CIP数据核字（2009）第194300号

责任编辑：李彦玲　　　　　　　　　　　　装帧设计：尹琳琳
责任校对：顾淑云

出版发行：化学工业出版社（北京市东城区青年湖南街13号　邮政编码100011）
印　　装：北京画中画印刷有限公司
787mm×1092mm　1/16　印张7¼　字数17千字　2010年1月北京第1版第1次印刷

购书咨询：010-64518888（传真：010-64519686）　　售后服务：010-64518899
网　　址：http://www.cip.com.cn
凡购买本书，如有缺损质量问题，本社销售中心负责调换。

定　　价：33.00元

序

　　时代的发展和变革无疑影响并深化着我们对于艺术设计的理解和认识，学习艺术设计必须从设计的本质和时代的特征等深层面去进行解读。设计是一种"有目的的创作行为"，是人的本质力量的显现；同时，艺术设计也是一种文化，体现了人文思想和人文情怀，闪烁着人类智慧的光芒；然而，设计也是一种对自我行为的标示和肯定，是一种把计划、规划、设想通过视觉的形式或物化的形态传达出来的创造性活动，在这个活动过程中我们建立起自己的生活方式。人类最基础、最重要的创造是造物，我们可以把任何造物活动的预想、计划和实施过程理解为设计，而在目前全球经济一体化的背景下，艺术设计作为一种文化产业无疑是推动社会经济发展的主要增长点之一。

　　随着艺术设计在中国的发展，设计作为一门独立的艺术学科已成为向社会生产和社会生活各领域全面渗透的开放性体系。艺术设计也是一门综合性极强的学科，它涉及社会、经济、历史、文化、科学、技术等诸多方面的因素，其审美标准也随着这诸多因素的变化而改变。实践证明：艺术设计贵在创新，艺术设计的成果实际上也是设计者自身综合素质的体现。虽然各个专业对设计者的知识结构要求不尽相同，但不论是平面的还是立体的设计，我们首先要面对的是一个对所设计对象的理解——即与设计对象相关的文化背景、地理环境、历史沿革、材料技术、风俗习惯的理解。基于此，艺术设计这个命题在当前具有很强的文化学意义。近几年来，艺术学科的建设，特别是艺术设计教育越来越引起人们的广泛关注与重视。各艺术教育院校都在积极推进教学改革和加强教材建设，这对我国的艺术设计学科建设必将产生重要影响。

　　综上所述，化学工业出版社审时度势推出艺术设计专业平面类职业教育规划教材，无疑是对于艺术设计职业教育的一种推动，并将对艺术设计学科的建设和发展带来新的气息。出版社对此项系列教材的开发和各个环节都进行了认真充分的准备，各位编委及作者都是国内各相关院校教学一线的骨干；全套教材特色显著，首先是高等职业教育的特色定位准确，突出了高职教育的特点；其次是内容精炼并有机的结合了各位作者自身的优势；图文并茂而不失严谨，可读性强容易理解，加强了对教材的设计、装帧、印刷等环节的质量要求，做到了形式与内容并重，体现出高等职业教育艺术设计类教材的新面貌。

可以预见本系列教材的实用性和适用性将会使教材具有很好的推广价值，对于广大专业人士和艺术设计爱好者来说也具有借鉴和指导意义。我们期待着这套教材能为我国高等职业教育的发展和改革提供参考，也希望这部教材能够在艺术设计教育界同仁们的教学中不断得到修正、丰富和完善。

是为序。

孙建君

2009年5月于北京

前言

　　设计色彩在我国的研究和教育虽然起步较晚，却前程似锦。在我国，《设计色彩》已成为艺术设计专业的一门十分重要的基础课程，它正在随着设计理念的不断变化而快速发展，成为现代设计的重要组成部分。设计色彩课是专业基础课程，如果色彩训练方法不得当，会直接影响到学生学习专业课程，因此，加强对《设计色彩》的学习和研究是必要的。

　　设计色彩是建立在一般色彩写生基础上的一种探索，通过对客观物象观察、分析和审美选择，使学生能系统地去学习设计色彩的联系，开拓其创新思维，提高学生艺术设计的创造和表现能力，为今后的艺术设计创作打下基础。

　　此书是多所院校的教师们交流与合作的集体智慧结晶，主编肖亚兰确定编写大纲、组织调研和最后统稿。参与编写此书的作者有：武汉工业职业技术学院肖亚兰（第一章，第六章第一、二节），洛阳理工学院孙艳（第四章），鹤壁职业技术学院马东煜（第二章、第六章第四节），河南经贸职业学院黄春霞（第三章、第五章第一节）和濮阳职业技术学院谢启伟（第五章第二、三节，第六章第三节）。与我一起编写的其他几位作者，长期以来，一直在相关院校从事装饰设计、平面广告设计、产品设计、服装设计等专业领域的艺术教育教学工作，以及社会企业从事设计开发工作，不仅具有扎实的艺术教育理论和经验，而且积累了丰富的设计实践经验。在编写过程中，编者按照高等职业教育的要求，充分吸收和借鉴本学科国内外新成果、新材料、新创意，并在国内外众多设计师及专家的色彩运用和研究成果的基础上，作了更进一步的拓展与探索，把多年来教学的理论研究和实践融入其中，力求融科学性、理论性、前瞻性、知识性、实用性于一体，内容深入浅出，图文结合，使色彩研究更加全面和具有较强的艺术性和学术性。

　　此书是理论与实践、教育与科研、高职教育与社会企业经验有机结合的成果，既囊括了前人的成果，又融入了编者的实际经验；既包含了色彩学理论知识，又解析了写生色彩基础和设计色彩的衔接技巧，力求通过"理论学习是基础、对比联系是方法、设计训练是手段"三个阶段，使学生建立起"写生色彩——色彩——设计色彩、具象——半具象——抽象"的色彩认识和造型思维，引导学生通过写生色彩寻找用色规律，对客观物象观察、分析和审美选择，系统地去认识和寻找绘画写生与设计色彩之间的紧密联系，强化设计与色彩的相互关系，解决艺术设计专业设计与美术基础的过渡与衔接，让色彩与设计之间发挥无限循环、共进的效果；将感性认识与理性分析完美结合，培养正确、独特的色彩感知力和表达力，为学生进入专业学习打下良好的基础，提高学生艺术设计的创作思维和表现能力，最终达到建立起学生的设计思维能力的目的。

在编写过程中，此书得到不少老师和朋友们的大力支持，我们参考了近年来出版的一些优秀的色彩方面的教材、刊物，吸收了其他院校对这一领域的研究成果，在此一并向这些作者朋友们表示衷心的感谢，由于时间仓促，本书若有不足之处，恳请专家与读者批评指正。

肖亚兰

2009 年 11 月

目 录

教学目的：本章作为这门功课的导航，让学生了解这门功课的重要性，掌握正确的设计色彩观念和学习、运用方法。

本章重点：设计色彩课程的性质、要求及任务。让学生明确本门功课的学习目标和学习方法。

1877年，法国人L·D·杜国·豪伦成功拍摄制作了世界上第一幅彩色照片《安古连城镇风景》，从此，照片从黑白演变到彩色世界，色彩赋予了照片新的生命。

色彩与眼睛的重要性就像我们的耳朵一定要欣赏音乐一样，很难想像如果在一个没有色彩世界里，将会是什么样子？色彩能唤发出人们的情感，能描述人们的思想。色彩成了一种传递的独特语言，它具有最能打动人类直觉的力量，它更准确的表达了各种情感。

第一节　设计色彩在设计中的作用与重要性

设计色彩是在国内外众多设计师及专家的色彩运用和研究成果的基础上，做出的进一步拓展与探索，并使色彩研究变得更具全面性、艺术性和学术性。它是以设计概念为先导的色彩造型形式，是建立在一般色彩写生基础上的一种探索，是以艺术设计为目的而进行的各种色彩写生、色彩研究和色彩实践活动中形成的形式语言。

设计色彩的学习旨在引导学生通过写生色彩寻找用色规律，对客观物象观察、分析和审美选择，使学生能系统地去认识和寻找绘画写生与设计色彩之间的紧密联系，强化设计与色彩的相互关系，让色彩与设计之间发挥无限循环、共进的效果；将感性与理性相结合，培养正确、独特的色彩观念，提高学生艺术设计的创作思维和表现能力，为今后的艺术设计创作打下基础。

在设计作品中恰当的搭配和运用色彩，会对作品起到不可忽视的作用。一名设计师，只有全面的研究与认识设计色彩，包括色彩的物理属性与心理属性，熟练掌握设计色彩的运用方法、原理，才能让色彩发挥作用，辅助渲染设计作品的情感，将作品的思想传达给观众。

第二节　设计色彩课程的性质

设计色彩是专为艺术设计专业服务的一门十分重要的基础课程。它是建立在一般色彩写生基础上的对新的写生方式的一种探索，其定位是侧重从美学、设计学、色彩学多学科相结合的角度，重点论述设计色彩的理论方法，其目的是通过进行富有针对性或规定性的课题训练，使学生了解掌握设计色彩的基础理论、设计色彩的造型基本原理和方法。通过对客观物象观察、分析和审美选择，使学生将特定的物象进行梳理、提炼，再通过夸张、变形、分解重构等手段表现在画面上。在教与学的过程中，能使学生较系统地认识和学习设计色彩造型在构图、构形、构色以及在画面构成方式、表现技巧、形式风格等方面的问题，以此强化写生色彩与设计色彩之间的相互关系，使学生建立起在观察表现上的新的造型观念，开拓其创意思维和想像力。

第三节　设计色彩的学习要求

设计色彩的学习必须遵循循序渐进的原则，本书将设计色彩的学习分为三个阶段。

第一阶段——理论学习作为基础。首先，应对色彩理论、规律有一定的认识与把握，通过对色彩体系、色彩三要素理论知识的学习，了解色彩的相关规律；通过对色彩生理与色彩心理的学习，了解视觉心理理论、色彩的情感理论等，合理将色彩的理性与感性融合，在设计中，色彩理性应建立在色彩感性的基础上，且高于感性色彩。这一阶段的学习与掌握将是第二阶段学习的前提和基础。

第二阶段——对比联系学习，提高认识与理解。通过色彩知识的掌握，通过写生了解色彩，将写生色彩与设计色彩进行对比、寻找共同联系，促进对色彩的本质理解，掌握色彩设计的学习方法和运用技巧。

第三阶段——设计方法与训练，提升设计实践运用能力。通过色调的训练、归纳、变形、刺激调和等设计色彩运用方法的学习，获得能自由驾驭色彩，自如运用于设计实践的运用能力。这一阶段可划分为三部分：直觉感悟阶段、主观表达阶段和创意表达阶段。着重对复杂的物象进行取舍、重组乃至构成与物象完全不同的画面效果与意念，着重培养学生的创新思维及表现方法，培养学生主动选择语言来表达自身审美情感，以及富于个性的设计思维。加强创造性思维能力与超写实描绘的训练，运用创造理论与技法，实现由学习（被动表现）—创造（主动表现）的思维转换。

写生色彩与设计色彩之间的联系学习应在教与学的整个过程中贯穿始终，这一规律应在设计色彩学习的基础阶段就开始强调，并应注意引导学生学习方式与创造思维，同时以实际为目的，同客观世界相结合，注重发展、发现、观察、感受、想像、创造、表达等方面能力与设计的运用能力和素质，提高学生的综合艺术素质和艺术设计的表现与创新能力。

　　作为艺术学、艺术设计、环境设计、产品造型设计等设计类专业重点基础训练课程的《设计色彩》，主要是通过色彩理论的讲授、写生色彩与设计色彩之间的联系和严格的训练，培养学生的专业意识、设计意识、创新意识，提高学生的主观意识能力、创造能力和审美水平，使学生较系统地认识和学习设计色彩在构图、构形、构色以及在画面构成方式、表现技巧、形式风格等方面的问题，以此强化绘画写生与艺术设计的相互关系，使学生建立起在观察表现上的新的造型观念，开拓其创意思维和想像力，提高学生艺术设计的创造和表现能力，解决艺术设计专业设计的过渡与衔接，为学生进入专业学习打下良好的基础。

思考练习题

　　设计色彩对你所学专业的重要性是什么？有什么帮助？

第二章 色彩的原理与应用

教学目的：色彩的原理部分是本课程的基础与核心部分，通过本章节的学习，让学生了解色彩的基本原理，使学生明白三要素及色彩的情感在设计色彩中的使用规律，认识色彩的调和理论，为理解色彩和设计之间的关系打下重要的基础，促进后面章节的学习，理解设计的用色方法，使学生熟练地运用色彩恰当的表现设计心理、画面质感与感情的方法。

本章重点：了解色彩三要素与色彩体系在设计色彩中的应用；明白三要素及色彩的情感在设计色彩中的使用规律；掌握色彩的调和理论与运用规律。

第一节 色彩三要素与色彩体系

掌握色彩的属性及色彩体系是我们理解和运用色彩的前提，在此基础上才能够对色彩变化的规律做进一步的探索和研究。

一、 色彩三要素

世界上的色彩千差万别，几乎没有相同的，只要我们注意就能辨别出许多不同的色彩。视觉所感知的一切色彩形象，都具有明度、色相和纯度三种性质，这三种性质是色彩最基本的构成元素，所以我们把明度、色相、纯度称为色彩的三要素。

1. 明度

（1）概念　明度指色彩的明暗程度，即色彩的亮度、深浅程度（如图2-1）。用素描或黑白相片的明暗关系最好理解色彩的明度关系。明度是全部色彩都具有的属性，任何色彩都可以还原为明度关系来思考，明度关系是搭配色彩的基础。明度最适于表现物体的立体感与空间感。

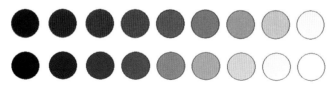

图2-1　色彩的明度关系

（2）应用　在无色彩中，明度最高的色为白色，明度最低的色为黑色，中间存在一个从亮到暗的灰色系列。白颜料属于反射率相当高的物体，在其他颜料中混入白色，可以提高混合色的反射率，也就是说提高了混合色的明度。混入白色越多，明度提高的越高。相反，黑颜料属于反射率极低的物体，在其他颜料中混入黑色越多，明度降低越多。

明度在三要素中具有较强的独立性，它可以不带任何色相的特征而通过黑白灰的关系单独呈现出来。色相与纯度则必须依赖一定的明暗才能显现，色彩一旦发生，明暗关系就会出现。我们可以把这种抽象出来的明度关系看作色彩的骨骼，它是色彩结构的关键。有彩色的明度是根据无彩色黑、白、灰的明度等级标准而定的。其中黄色明度最高，紫色最低。

2. 色相

（1）概念　色相指色彩的相貌，是区别色彩种类的名称。如：红、黄、蓝等。如果说明度是色彩的骨骼，色相就很像色彩外表的华美肌肤。色相体现着色彩外向的性格，是色彩的灵魂。

色相是色彩的最大特征，光谱中的红、橙、黄、绿、蓝、紫等都代表具体的色相，它们之间的差别就属于色相差别。不同相貌色彩的名称代表着不同波长给人的不同的特定感受，并形成一定的秩序。光谱中的七种基本单色光完全取决于该光线的波长，并按波长从短到长进行有序排列，像音乐中的音阶顺序，和谐而有序。由于物体的颜色是由光源的光谱成分和物体表面的反射或投射的特性决定，因此才有大千世界的各种色相（如图2-2）。

（2）应用　色相是不同波长的光给人的不同感受。红色拥有色彩中最长的波长，而蓝紫色的波长最短。每种基本色相，按照不同的色彩倾向又进一步的区分，如：红色又分为玫瑰红、桃红、橘红、深红、朱红、紫红，黄色又分为中黄、橘黄、淡黄、柠檬黄、土黄，绿又分为淡绿、中绿、草绿、翠绿、橄绿、墨绿等，蓝又分为钴蓝、湖蓝、群青、青莲、普蓝等，色彩学家为了便于研究，把红、橙、黄、绿、蓝、紫六色以封闭式环状排列形成六色环，使红色和紫色在色环上绝妙的联结起来，使色相呈循环的秩序。在6色环基础上又增加过渡色推出12色相环。

图2-2　可见光光谱

3. 纯度

（1）概念　纯度是指色彩的纯净程度，也称饱和度、彩度。凡是有纯度的色彩，必有其色相感；凡是有色彩倾向的，必有其纯度值。简单地讲：纯度指色彩的鲜、浊度，也将其称为艳度、彩度（如图2-3）。

图2-3　色彩的纯度

（2）应用　纯度取决于可见光波的单纯程度。当光波单一时，它就显现出某种单一的色相，而且纯度较高。一般情况下，我们所看到的色彩纯度不会像光谱色那么纯，且目前所用的颜料、染料不可能达到光谱的纯度。这也体现出了大自然丰富多彩的无尽变化。我们可以看到画家、设计师的优秀绘画与设计作品，很少选用色彩的最大纯度值去表现，这表明了他们良好的思辨逻辑和素质。

色彩中以红、橙、黄、绿、青、紫色等基本色相的纯度最高，黑、白、灰色的纯度等于零。纯度体现了色彩内向的品格。同一色相，即使纯度发生了细微的变化，也会立即带来色彩性格的变化。

任何一个色彩加白、加黑、加灰都会降低它的纯度。混入的黑、白、灰补色越多纯度降低的也越多。纯度只能是一定色相感的纯度，凡是有纯度的色彩必然有相应的色相感。因此有纯度的色彩都称为有彩色。

4. 明度、色相、纯度三要素的关系

色彩的三要素相互关联，在谈到纯度时，必然会涉及它的色相、明度。我们看待色彩的三要素既要看到它们各自独立的方面，同时又要看到它们是一个不可分割的整体。任何色彩（色相）在纯度最高时都有特定的明度，假如明度变了纯度就会下降。高纯度的色相加白或加黑，降低了该色相的纯度，同时也提高或降低了该色相的明度。高纯度的色相加与之不同明度的灰色，降低了该色相的纯度，同时使明度向该灰色的明度靠拢。高纯度的色相如果与同明度的灰色混合，可构成同色相、同明度、不同纯度的序列。

二、色相环

色相环即是将不同色相的颜色依序排列成环状以方便使用。

牛顿将太阳光分解以后产生的红、橙、黄、绿、蓝、紫光带首尾相连，形成一个圆环，定名色相，又名色相环。这六个色相，它们之间表示着三原色（如图2-4）、三间色（如图2-5）、邻近色、对比色、互补色等相互关系。在各色中间加插一两个中间色，其头尾色相，按光谱顺序为：红、橙红、黄橙、黄、黄绿、绿、绿蓝、蓝绿、蓝、蓝紫、紫、红紫——十二基本色相（如图2-6）。这十二色相的彩调变化，在光谱色感上是均匀的。如果进一步再找出其中间色，便可以得到二十四个色相。随在色相环的圆圈里，各彩调按不同角度排列，则十二色相环每一色相间距为30度，二十四色相环每一色相间距为15度。主要有伊顿十二色相环（如图2-7）、奥斯特瓦德二十四色相环（如图2-8）、日本P.C.C.S二十四色相环（如图2-9）、孟塞尔100色相环（如图2-10）。

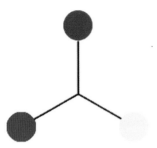

图2-4 三原色

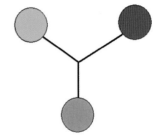

图2-5 三间色图

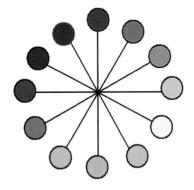

图 2-6 十二基本色相环

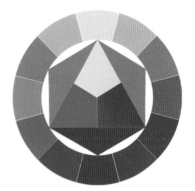

图2-7 伊顿十二色相环

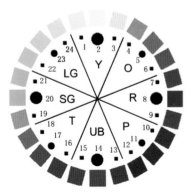

图2-8 奥斯特瓦尔德色相环

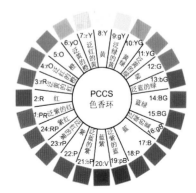

图2-9 日本P.C.C.S色相环

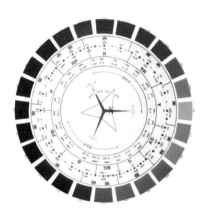

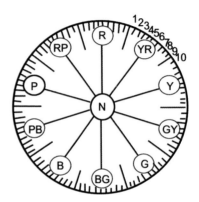

图2-10 孟赛尔100色相环

P. C. C. S对色相制作了较规则的统一名称和符号。其中红、橙、黄、绿、蓝、紫，指的是其"正"色（当然，所谓正色的理解，各地习惯未尽相同）。正色用单个大写字母表示，等量混色用并列的两个大写字母表示，不等量混色，主要用大写字母，到色用小写字母。唯一例外的是蓝紫用V，而不用BP。V是紫罗兰的首字母，为色相编上字母作为标记，便于正确运用而又便于初学记忆。

日本人以这样来划分并定色名，显然是和孟塞尔的十色相，二十色相配合的。门塞尔系统是以红、黄、绿、蓝、紫五色为基本色，把它称作黄红。因此P、C、C、S制的二十四色便也归为十类。

奥斯特瓦尔德颜色系统的基本色相为黄、橙、红、紫、蓝、蓝绿、绿、黄绿8个主要色相，每个基本色相又分为3个部分，组成24个分割的色相环，从1号排列到24号。在二十四色色相色环中彼此相隔十二个数位或者相距180度的两个色相，均是互补色关系。互补色结合的色组，是对比最强的色组。使人的视觉产生刺激性、不安定性。相隔15度的两个色相，均是同种色对比，色相感单纯、柔和统一、趋于调和。

三、色立体

18世纪开始，欧洲色彩学家们试图以客观的分类法把色彩变化"标准化"，从而找出可以灵活转换的配色处方，以使色彩和谐配置达到"科学化"。这种尝试起初是两度的，即色相环。色相环虽可以表达多种色彩关系，反映一定的色彩规律，但还不能把色彩三要素（色相、明度、纯度）之间的关系得以充分反映，于是才逐渐形成具有三度关系的立体模型，即将色彩三要素有秩序、有系统地排列与组合，构成具有三维立体的色彩体系，称作色立体。色立体是立体式的能体现色彩三要素变化规律的色标模型，它借助于三维空间来表示色相、明度纯度的概念。

色彩的体系非常庞大，各色彩之间的变化非常微妙，难以用语言准确地描述他们。如红色可以看出几十种、几百种甚至几千种的不同，但所能写出或描述出的红色却没有几种，如朱红、大红、紫红、洋红、橘红色等，当写出十几种红色后再往下写就是非常困难的事情了。

随着科学技术的发展，现已有了科学的色彩表示体系，这一体系分为两大类别：一种是混色体系，一种是显色体系。所谓混色体系是基于三原色光的混合，是光混的定量系统，以德国国家照明学会的测色系统最为著名（CIE系统）。此系统是以三原色光红、绿、蓝色可混合出任何一种色作为基础，可以选任何一种色，按水平与45度角分测，得出色度图。它是目前较准确的色度测量方法，主要用于工业方面，它对测量仪器的要求是很高的，一般绘画、设计中不便于使用。另一类是显色体系，即按照色彩三属性，有秩序的整理分类所组成的色彩体系，也被称为色立体。色立体是我们常用的系统，它能帮助人们准确地认识色彩，并得心应于地把握色彩的种类。国际上广泛适用的色立体有美国的孟塞尔色立体、德国的奥斯特瓦德色立体、日本色彩研究所的色立体。

1. 孟塞尔色立体

孟塞尔（A. H MunselI）色彩体系（如图2-11）由美国教育家、色彩学家、画家孟塞尔于1905年创立，后在1929年和1943年由美国国家标准局和光学学会修订出版（《孟塞尔颜色图册》，MunselI：Book of Color）。他的表示法是以色彩的三要素为基础，其色彩体系由色相(H)、明度(V)，纯度(c)表示，它以色彩的三属性（如表2-1）构成了一个结构简明的圆柱体。它的垂直轴是明度，底部为黑色以数字0表示，顶部为白色以数字10表示共11级，它的圆柱体上的偏角对应色相，共有5个原色，即红（R）、黄（Y）、绿（G）、蓝（B）、紫（P）色和原色间的5个间色，即黄红（YR）、绿黄（GY）、蓝绿（BG）、紫蓝（PB）、红紫（RP）色。每个色相还可以细分为10个等级，形成100个色相，主要色相与间色相的等级为5。每种色相就分成为2.5、5、7.5、10四个色相级，总共40个。纯度的表示是以黑、白、灰色组成的明度轴为核心，向外层展开排（如图2-12）。垂直轴黑、白、灰色纯度为零，离开垂直轴越远，纯度值就越高，如果将它形象地比作圆柱体的话，水平剖开是同一明度面。垂直剖开是同一色相面，以同心圆的方式剖开，是同一纯度面（如图2-13）。

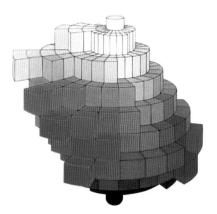

图2-11　孟塞尔色立体

表2-1　孟塞尔色彩体系三属性的表示法

R4/14	代表绿色	明度为 4	纯度为 14
YR6/12	代表黄橙	明度为 6	纯度为 12
Y8/12	代表黄色	明度为 8	纯度为 12
GY7/10	代表绿黄色	明度为 7	纯度为 10
C5/8	代表绿色	明度为 5	纯度为 8
B4/8	代表青色	明度为 4	纯度为 8
PB3/12	代表青紫色	明度为 3	纯度为 12
P4/12	代表紫色	明度为 4	纯度为 12
RP4/12	代表红紫色	明度为 4	纯度为 12

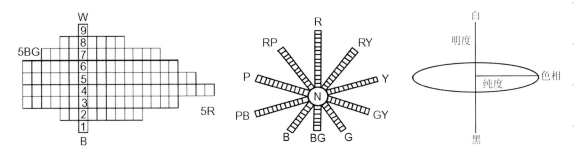

图2-12　孟塞尔色立体横抛面图　　　　图2-13　孟赛尔色立体纵抛面图

2. 奥斯特瓦尔德色立体（简称奥氏色立体）

德国化学家奥斯特瓦德（W.Ostwald）是德国化学家，于1921年制定的色彩体系，亦称奥斯特瓦德色彩体系，是以三角形回转而成的复圆锥体（如图2-14）。每个三角形片称为三角色立体表。垂直轴为明度系列，共分8个阶段，从顶部的白到基部的黑分别以字母a、c、e、g、i、l、n、p表示。每个字母表示该色的白色及黑色含有量。三角形片右面顶端为纯色，沿着三角形片处边沿向另外两个顶端发

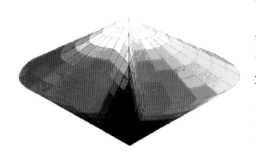

图2-14　奥斯特瓦尔德色立体

展，同白和黑相遇，其间各排列六个含不同灰度的色阶形成色带。这条由白色经纯色到黑色的色带，是单色相明度色关系。色环以黄 (Y)、橙 (O)、红 (R)、紫 (P)、青紫 (BP)、青 (B)、绿 (G)、黄绿 (YG) 为八个主色，各主色再等分三个色相，共二十四个色相组成。奥斯特瓦德色立体上的各色也有严格的表示，第一个数字表示色相，第二个数字表示白量，第三个数字表示黑量。如8n.e,8表示红色相，n表示5.6的白量，e表示65.0的黑量。从而可知色量为29.4，比纯色要灰很多，是个灰红色。但奥斯特华德色相环不具有视觉上的等间隔性，色彩表达的细致程度不同。

他的理论是：

① 黑色吸收所有光；

② 白色反射所有光；

③ 纯色反射特定波长的光。

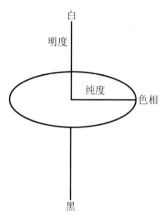

图2-15　色立体立体地展示了明度、色相与纯度三属性

3. 色立体的用途

① 色立体为我们提供了几乎全部的色彩体系，可以帮助我们开拓新的色彩思路。

② 由于色立体是严格地按照色相、明度、纯度的科学关系组织起来的，所以它提示着科学的色彩对比，调和规律（如图2-15）。

③ 建立一个标准化的色立体，对色彩的使用和管理会带来很大的方便，可以使色彩的标准统一起来。

④ 根据色立体可以任意改变一幅绘画，设计作品的色调，并能保留原作品的某些关系，取得更理想的效果。

总之，色立体能使我们更好地掌握色彩的科学性、多样性，使复杂的色彩关系在头脑中形成立体的概念，为更全面地应用色彩，搭配色彩提供根据。

第二节　色彩三要素与设计色彩

一、纯度与设计色彩

在日常的视觉范围内，眼睛看到的色彩绝大多数是含灰的色彩，也就是不饱和的色彩。有了纯度的变化，才使世界上有如此丰富的色彩。同一色相即使纯度发生了细微的变化，也会带来色彩性格的变化 。

在设计色彩中，掌握好色彩纯度的对比关系，则可以使画面产生不同的美感。其中纯度对比是决定色调感觉华丽、高雅、古朴、粗俗、含蓄与否的关键。

纯度对比是指较鲜艳的色与含有各种比例的黑、白、灰的色彩，即模糊的浊色的对比。在孟氏色立体中，纵向与中心轴平行的同一行色，表示着不同明度同纯度系列；横向的与中心轴垂直的同一行色，表示着相同明度不同纯度系列。色立体最表层的色是纯色，从表面层向内渐转灰直至无彩色系。目前我们现有染料、颜料和印刷油墨等色料纯度是很低的，因此纯度对比的范围实际上缩小了。

其对比强弱程度取决于色彩在纯度等差色标上的距离，距离越长对比越强，反之则对比越弱。　如将灰色至纯鲜色分成9个等差级数，通常把1～3划为低纯度区，7～9划为高纯度区，4～6划为中纯度区（图）。在选择色彩组合时，当基调色与对比色间隔距离在5级以上时，称为强对比；3～5级时称为中对比；1～2级时称为弱对比。据此可划分出九种纯度对比基本类型（如图2-16）。

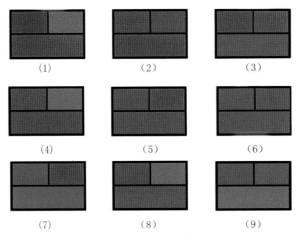

图2-16　纯度对比

（1）鲜强调　如9：7：1等，感觉鲜艳、生动、活泼、华丽、强烈。

（2）鲜中调　如9：7：4等，感觉较刺激，较生动。

（3）鲜弱调　如7：8：9等，由于色彩纯度都高，组合对比后互相起着抵制、碰撞的作用，故感觉刺目、俗气、幼稚、原始、火爆。如果彼此相距离离大，这种效果将更为明显、强烈。

（4）中强调　如4：5：9或7：6：1等，感觉适当、大众化。

（5）中中调　如4：6：8或6：5：3等，感觉温和、静态、舒适。

（6）中弱调　如4：5：6等，感觉平板、含混、单调。

（7）灰强调　如1：2：9等，感觉大方、高雅而又活泼。

（8）灰中调　如1：3：6等，感觉相互、沉静、较大方。

（9）灰弱调　如1：3：2等，感觉雅致、细腻、耐看、含蓄、朦胧、较弱。

另外，还有一种最弱的无彩色对比，如白：黑、深灰：浅灰等，由于对比各色纯度均为零　，故感觉非常大方、庄重、高雅、朴素。

高纯度色彩在画面面积中占60%左右时，构成高纯度基调，即鲜调；中纯度色彩在画面面积中占60%左右时，构成中纯度基调，即中调；低纯度色彩在画面面积中占60%左右时，构成低纯度基调，即灰调。

一般来说，纯色明亮、艳丽，容易引起视觉的兴奋

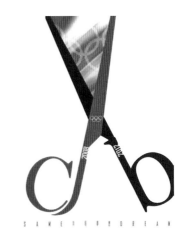

图2-17　高纯度基调的招贴色彩具有强烈夺目的效果

（如图2-17）；含灰色的中纯度基调丰满、柔和、沉静，能使视觉持久注视（如图2-18）；低纯度基调单调耐看，容易使人产生联想（如图2-19）。纯度对比过强时，则会出现生硬、杂乱、刺激等感觉；纯度对比不足，则会造成粉、脏、灰、闷、含混、单调等感觉。

图2-18 中纯度基调的色彩具有温和、柔软、沉静的特点　　　图2-19 低纯度色彩具有柔软、含蓄、无力的特点

应用时，可以用四种办法降低色彩纯度（如图2-20）。

（1）加白　纯色混合白色可以降低其纯度，提高明度，同时色性偏冷。红＋白＝粉红；黄＋白＝冷色浅黄。各色混合白色以后会产生色相偏差。

（2）加黑　纯色混合黑色，降低了纯度，又降低了明度。各色加黑色后，会失去原来的光亮感，而变得沉着、幽暗。

（3）加灰　纯色加入灰色，会使色味变得浑浊；相同明度的纯色与灰色相混，可以得到相同明度而不同纯度的含灰色，具有柔和、软弱的特点。

（4）加互补色　加互补色等于加深灰色（相当于5号灰），因为三原色相混合得深灰色，而一种色如果加它的补色，其补色正是其他两种原色相混所得的间色，所以也就等于三原色相加。如果不是原色，在色轮上看，任何一种色具有两个对比色，而它的补色正是这两个对比色的间色，也就等于三个对比色相加，也就等于深灰色。所以，加补色也就等于加深灰，

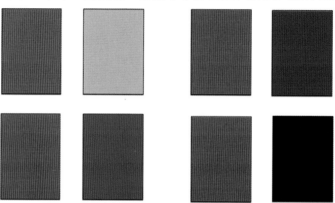

图2-20 降低纯度的常用方法

再加适量的白色可得出微妙的灰色。

在设计色彩中，正确运用色彩的纯度关系，可以提高对色彩的情调、气氛、品味的把握（如图2-21、图2-22）。

图2-21 《拾穗者》用低纯度色表现了勤劳朴素而贫穷的劳动者，传递出对人民的同情和歌颂

图2-22 幼儿用品的色彩一般纯度明度较高

二、明度与设计色彩

在设计色彩中，明度决定着画面的气氛、层次与节奏感。掌握好色彩明度的对比关系，则可以使画面产生丰富的的秩序感、层次感和空间感。

明度对比是色彩的明暗程度的对比，也称色彩的黑白度对比。明度对比是色彩构成的最重要的因素，色彩的层次与空间关系主要依靠色彩的明度对比来表现。只有色相的对比而无明度对比，图案的轮廓形状难以辨认；只有纯度的对比而无明度的对比，图案的轮廓形状更难辨认。

为了便于理解明度对比的概念，下可将无彩色由黑色到自色等差分为九个阶段，依次为N1，N2，N3～N9，形成明度列，这即为明度标尺N1～N3为低明度，N4～N6为中明度，N7～N9为高明度，如图2-23分别以低明度色彩（低明度色彩在画面面积上占绝对优势，即面积在60%左右）为主构成低明度基调，以中明度色彩为主构成中明度基调，以高明度色彩为主构成高明度基调的效果。

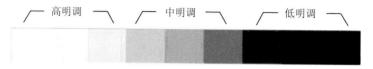

图2-23 明度序列

明度对比的强弱决定于色彩明度差别跨度的大小。配色的明度差在3个阶段以内的组合为明度的弱对比，叫短调；明度差在5个阶段以外的组合为明度的强对比，叫长调；居中的称为中调，如图2-24所示。

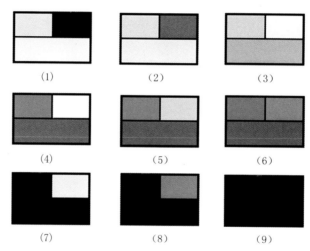

(1) (2) (3)

(4) (5) (6)

(7) (8) (9)

图2-24 明度对比中的九个调子

图2-25 高明度基调的室内色彩环境给人以明亮、简洁、静谧

明度对比的长调画面清晰、肯定、醒目；短调则朦胧、晦涩、遥远。运用低、中、高基调和短调、中调、长调六个因素可以组合成许许多多明度对比的调子。我们不能孤立地记忆定义，而要结合色彩效果去体会、对比、分析。

一般而言，高明度基调给人的感觉是轻快、柔软、明朗、娇媚、纯洁（如图2-25），运用不当会使人感觉冷淡和病态；中明度基调给人以朴素、庄重、稳静、刻苦、平凡的感觉（如图2-26），运用不当造成呆板、贫穷、无聊的感觉，低明度基调给人感觉沉重、浑厚、刚毅、神秘（如图2-27），运用不当构成黑暗、阴险、哀伤等色调。

知道明度对比的分类后，就要在设计中考虑表现的主题与表现的手法是否相匹配，比如用高长调表现忧郁的老人和用低短调表现清纯的少女，都是不合理的。明度差常常决定着画面的清晰度和空间层次感。

图2-26　中明度基调给人以朴素、庄重、稳静、刻苦、平凡的感觉

图2-27　毕加索的《格尔尼卡》则用明度低长调强烈控诉战争的罪恶

如图2-28，该设计的色彩属于高明度的长调对比，所以清晰、明朗，给人干净、纯洁的心理感受。主体产品和品牌名称SHISEIDO，细胞状的次主体及文字，与背景形成不同的明度差使画面富有层次，信息传达主次分明。

三、色相与设计色彩

任何有彩色都具有色相、明度和纯度三种属性，因而无论是明度、纯度等的配色都离不开色相，并且是围绕着色相的配合而展开的（如图2-29）。可以说以色相为主的配色是色彩设计的主干，我们在进行色彩设计时，首先要考虑的就是色相的组合配色，兼顾其明度、纯度等的配合关系。

图2-28　日用品的色彩对比适宜清晰、明快

图2-29　丰富、纯净的色彩是现代产品色彩设计的钟爱

　　色相对比是利用各色相的差别而形成的对比。色相对比的强弱可以用色相环上的度数来表示。其常用对比方法如下。

　　① 色相距离在色环中15°以内的对比，一般看作同色相即不同明度与不同纯度的对比，因为距离15°的色相属于较难区分的色相，这样的色相对比称为同类色相对比（如图2-30），是最弱的色相对比。同类色相的配色，色彩极易调和，但由于缺乏对比，容易产生单调感。因此，在配色时要注意加强各色彩之间的明度、纯度和色性的对比，使其在调和统一中求得明快对比的效果。

　　② 色相间在15°～30°的对比，称为邻近色相对比（如图2-31），或近似色相对比，这是较弱的色相对比。

图2-30　同类色相对比色调统一，要把握好明度对比关系

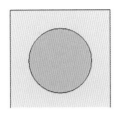

图2-31 邻近色对比

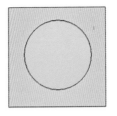

图2-32 类似色对比

③ 色相环中相隔30°～60°的色相对比，称类似色相对比（如图2-32）。类似色相含有共同的色素，它既保持了邻接色的单纯、统一、柔和、主色调明确等特点，同时又有耐看和变化的优点，其配色效果调和统一又清新明快（图2-33～图2-35）。

图2-33 类似色对比

图2-34 类似色对比，体现色彩柔和、耐看

图2-35 类似色相配，色彩谐调而富有变化

④ 色相环上间隔90°左右的色相对比，称中差色相对比（如图2-36），是黄与红、红与青紫、青紫与绿等在24它间于类似色相和对比色相之间。因色相差别较明确，色相对比效果比较明快。

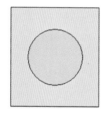

图2-36　中差色对比，色相对比较　　　　图2-37　对比色相效果强烈、活泼
　　　　　强烈、明快

⑤ 对比色相的对比是24色相环上间隔120°左右的色彩对比，称为对比色相对比（如图2-37）。如品红／黄／青、橙红／黄绿／蓝、橙／绿／青紫、黄橙／青绿／紫等。色感要比类似色相对比更具有鲜明、强烈、饱满、华丽、欢乐、活跃的感情特点，容易使人兴奋、激动。这是色相较强对比（如图2-38）。

图2-38　对比色搭配，色彩强烈、鲜艳、绚丽

⑥ 色相距离在180°左右的对比，称为互补色相对比，是色相最强的对比（如图2-39）。补色相配，能使色彩对比达到最大的鲜艳程度，强烈刺激感官，从而引起人们视觉上的足够重视，从而达到生理上的满足。因此，中国传统配色中有"红间绿，花簇簇。红配绿，一块玉"的说法。现代色彩学家伊登说："互补色的规则是色彩和谐布局的基础，因为遵守这种规则会在视觉中建立起一种精神的平衡。"在运用同类色、邻接色或类似色配色时，如果色调平淡无味，缺乏生气，那么恰当地使用补色将会得到改善。互补色相对比的特点是强烈、鲜明、充实、有运动感（如图2-40、图2-41），但是也容易产生不协调、杂乱、过分刺激、动荡不安、

图2-39　互补色对比色彩炫目、刺激

图2-40　梵高的《夜间咖啡店》中，巧妙地运用了互补色，体现
了强烈色彩对比与冲突

图2-41　补色搭配，色彩炫目、强烈

粗俗、生硬等缺点。

因此，明度对比、色相对比、纯度对比，二色距离远，对比效果弱，调和效果强；二色距离近，对比效果逐渐加强；二色距离相切，对比效果则更为加强，调和效果相应减弱；二色相交，或一色包围另一色，对比效果最强，调和效果最弱。

第三节　色彩的生理及心理色视觉适应与色视错现象

人所处的周围环境的变化是非常巨大的，从星光闪烁的星空到阳光明媚的白天之间和亮度相差数百万倍，如果没有视觉适应机制，人就不容易在变动着的环境中进行精细的视觉信息分析，对环境刺激的反应就会发生困难。所以，视觉器官的适应能力是动物在长期的生存斗争中，通过不断和环境相互作用形成并固定下来的，具有重要的生物学意义。

一、视觉适应

人的眼睛具有一定的适应环境变化的能力，这种特殊功能在视觉生理上叫做视觉适应。主要包括距离适应、明暗适应和色彩适应三个方面。

1. 距离适应

人的眼睛能够识别一定区域内的形体与色彩，这主要是基于视觉生理机制具有调整远近距离的适应功能。眼睛构造中的水晶体相当于照相机中的透镜，可以起到调节焦距的作用。由于水晶体能够自动改变厚度，才能使映像准确地投射到视网膜上。这样，人可以藉水晶体形状的改变来调节焦距，从而可以观察远处和近处的物体。

2. 明暗适应

这是日常生活中常有的视觉状态。例如，从黑暗的屋子突然来到阳光下时，人的眼前会充满白花花的感觉，稍后才能适应周围的景物，这一由暗到明的视觉过程称为"明适应"。当我们在很强的灯光下突然关灯，这时我们什么也看不见，过一段时间视觉才能够调整到对这种暗环境的适应上，并随之逐渐看清室内物体和轮廓，这种由明到暗的适应过程是视觉的"暗适应"。视觉的明暗适应能力在时间上是有较大差别的。通常，暗适应的过程约为 $5 \sim 10$ 分钟，而明适应仅需0.2秒。人眼这种独特的视觉功能，主要通过类似于照相机光圈的器官——虹膜对瞳孔大小的控制来调节进入眼球的光量，以适应外部明暗的变化。光线弱时，瞳孔扩大；而光线强时，瞳孔则缩小。明适应是由于视网膜对光刺激由弱到强的敏感度降低的结果，暗适应是由于眼睛的视网膜对光刺激由强到弱的敏感度提高的结果。

3. 色彩适应

当我们看到某种鲜艳的色彩时，第一感觉觉得它特别鲜，但时间久了，就会觉得没有刚看到时那么鲜了，这就是"色适应"。这是因为人眼的感光蛋白消耗过多而产生视觉疲劳，造成色相与纯度的改变。再如，当我们从白炽灯（带黄橙味的光）的房间走到日光灯（带蓝白味的光）的房间，开始时会感觉里两房间的光现色彩有差异，一个偏暖，一个偏冷，但随着时间的推移，便会不知不觉地适应下来，感觉没什么区别，这种适应即是"色适应"。

（1）色彩的恒常知觉　视觉这种能在不同光色下正确判定物体固有色的能力叫作色彩的恒常知觉。如白纸放到暗处我们仍觉得它白，当白纸在红光照射下变红时，我们依然认为它是白的。

（2）色彩的视错现象　视错是眼睛产生的错觉，指人的肉眼，在一定条件影响下，不能正确地认识外界客观事物的本质。这种现象与人的主观感受无关，而是客观事物对眼睛的刺激而产生的。

视觉上的色彩错觉或误差是人们在感知外部世界时经常体验到的一种知觉状态。其具体表现在眼睛感知的色彩效果（心理上的真实）与客观存在的色彩实体（物理上的真实）之间存在着一定的差距。色彩视错的产生除以生理特征为前提条件外，还与物理因素、心理作用密切关联，并且各具特点。大体上色彩视错主要包括物理性视错与心理性视错。

① 物理性视错。色彩视觉因主要受物理因素——色光的影响而产生的一种错误的色

彩感应现象，称为"物理性视错"。这种错觉集中反映在色彩的膨胀感、进退感、轻重感等方面。

a. 色彩的膨胀感与收缩感。色彩的膨胀与收缩同波长有关，波长长的暖色光与光亮度强的色光对眼睛成像的作用力较强，从而使视网膜接受这类色光时产生扩散性，造成成像边缘线出现模糊带，产生膨胀感。而波长短的冷色光成像比较清晰，对比之下有收缩感。故相同面积的红色与蓝色，给人感觉红色面积大于蓝色面积。同时，色彩的膨胀感与收缩感与明度有关，明度高的色彩有膨胀感，明度低的色彩有收缩感。所以，在服装应用中，胖人事宜穿深色或冷色服装，产生比实际瘦的错觉。

b. 色彩的前进感与后退感。产生色彩前进感与后退感的原因与色彩的膨胀与收缩相近，与光的波长及眼睛的构造有关。一般来说，明度高、纯度高、暖色为前进色；明度低、纯度低、冷色为后退色。熟悉了前进与后退的错视特性，能在作品里充分地表现立体感、空间感和深度感，使画面具有丰富的视觉效果。

c. 色彩的轻重感。物体表面的色彩不同，看上去也有轻重不同的感觉，这种与实际重量不相符的视觉效果，称之为色彩的轻重感。感觉轻的色彩称为轻感色，如白、浅绿、浅蓝、浅黄色等；感觉重的色彩称重感色，如藏蓝、黑、棕黑、深红、土黄色等。色彩的轻重感主要取决于明度上的对比，明度高的亮色感觉轻，明度低的暗色感觉重。另外，物体表面的质感效果对轻重感也有较大影响。明度高的色彩使人联想到蓝天、白云等，产生轻柔、飘浮、上升、敏捷、灵活等感觉，给人感觉清爽、柔美。明度低的色彩使人联想到钢铁，石头等物品，产生沉重、沉闷、稳定、安定、神秘等感觉。

色彩的直接性心理效应来自色彩的物理刺激对人的生理发生直接影响。心理学家对此曾经作过许多实验。他们发现，在红色的环境中，人的脉搏会加快，血压有所升高，情绪兴奋冲动。而在蓝色环境中，脉搏会减缓，情绪也较沉静。 冷色与暖色是依据心理错觉对色彩的物理分类，对于颜色的物质性印象，大致有冷暖两个色系产生。波长长的红光和橙光、黄色光，本身有暖和感；相反，波长短的紫色光、蓝色光、绿光有寒冷的感觉。冷色与暖色除去给我们以温度上的不同感觉外，还会带来其他一些感受，例如：重量感、湿度感等。比方说，暖色偏重，冷色偏轻；暖色有密度强的感觉，冷色有稀薄的感觉；冷色显得湿润，暖色显得干燥；冷色有退却的感觉，暖色有逼近感。这些感觉都是偏向于对物理方面的印象，而不是物理的真实，它属于一种心理错觉。颜色引起的物质性的心理错觉，是艺术家或设计家最可利用的手段之一。

② 心理性视错。色彩视觉因主要受心理因素——知觉活动的影响，而产生的一种错误的色彩感应现象，称为"心理性视错或视差"。色的错觉则是由色彩的对比造成的，对比越强，错觉也就越强。连续对比与同时对比都属于心理性视错的范畴。

a. 连续对比。连续对比指人眼在不同时间段内所观察与感受到的色彩对比视觉现象。从生理学角度讲，物体对视觉的刺激作用突然停止后，人的视觉感应并非立刻全部消失，而是该物的映像仍然暂时存留，这种现象也称作"视觉残像"。视觉残像形成的原理是，因为神经兴奋所留下的痕迹而引发，是眼睛连续注视的结果，所以称之为"连续对比"。视觉残像又分为为正残像和负残像两类。

所谓的正残像，又称"正后像"，是连续对比中的一种色觉现象，指在停止物体的视觉刺激后，视觉仍然暂时保留原有物色映像的状态，也是神经兴奋有余的产物 。如凝注红色，当将其移开后，眼前还会感到有红色浮现。通常，残像暂留时间在0.1秒左右。大家喜爱的影视艺术就是根据这一视觉生理特性而创作完成的。如把每秒24个静止画面连续放映时，眼睛就可体验到与生活中的运动节奏相对应的印象，因而使人感到栩栩如生。

所谓的负残像，又称"负后像"，是连续对比中的又一种色觉现象，指在停止物体的视觉刺激后，视觉依旧暂时保留与原有物色成补色映像的视觉状态。通常，负残像反映强度同凝视物色的时间长短有关，即持续观看时间越长，负残像的转换效果越鲜明。例如，当久视红色后，视觉迅速移向白色时，看到的并非白色而是红色的补色——绿色；如久视红色后，在转向绿色时，则会觉得绿色更绿；而凝注红色后，再移视橙色时，则会感到该色呈暗。

b. 同时对比。同时对比指人眼在同一空间和时间内所观察与感受到的色彩对比视错现象。即眼睛同时接受到迥异色彩的刺激后，使色觉发生相互冲突和干扰而造成的特殊视觉色彩效果。如伊顿指出的"这种同时出现的色彩，绝非客观存在，而只是发生于眼睛之中，它会引起一种兴奋的感觉和强度不断变化的充满活力的颤动。"其基本规律是在同时对比时，相邻接的色彩会改变或失掉原来的某些物质属性，并向对应的方面转换，从而展示出新的色彩效果和活力。一般地说，色彩对比愈强烈，视错效果愈明显。例如，当明度各异的色彩参与同时对比时，明亮的颜色显得更加明亮，而黯淡的颜色则会更加黯淡；当色相各异的色彩同时对比时，邻接的各色会偏向于将自己的补色残像推向对方，如红色与黄色搭配，眼睛时而把红色感觉为带紫味的颜色，时而又把黄色视为带绿味的颜色。同时对比这种视错现象在人类创造色彩美的历史长河中，曾被许多艺术家们关注与运用。

综上所述，无论是同时对比还是连续对比，其实质都是为了适合于视觉生理与视觉心理平衡的需要。从生理上分析，视觉器官对色彩具有协调与舒适的要求，凡满足这种条件的色彩或色彩关系，就能取得色彩的生理和谐效果。例如，连续对比中的负残像和同时对比中的色相对比等所体现的色觉现象，均是视觉生理寻求色彩互补性平衡所致。从物理角度看，凡补色对比如做色光的混合，即可取得白色光，而做色料混合则可获得灰黑色。总之，不管白色或黑色，他们都是视觉感应中最不带尖锐刺激的中型色彩，故而最能够满足视觉生理平衡的需要，科学研究进一步证实，视觉生理变化与视觉心理变化，是构成知觉活动的两个必不可分的统一整体关系，使彼此相互作用的产物。

图2-42　法国国旗

如法国国旗为红白蓝三色（如图2-42），当时在设计时，该旗帜的最初色彩搭配方案，为完全符合物理真实的三条等距色带，可是这种色彩构成的效果，总使人感到三色间的比例不够统一，即白色显宽，红色居中，蓝色显窄。后来在有关色彩专家的建议下，把面积比例调整为红：自：蓝＝33：30：37的搭配关系。至此，国旗显示出符合视觉生理等距离感的特殊色彩效果，并给人以庄重神圣的感受，这说明光的颜色会使人的眼睛产生形状大小的错觉。

二、色彩的心理

色彩对人的头脑和精神的影响力是客观存在的，色彩的知觉力、色彩的辨别力、色彩的象征力与感情，这些都是色彩心理学上的重要问题。不同波长色彩的光信息作用于人的视觉器官，通过视觉神经传入大脑后，经过思维，与以往的记忆及经验产生联想，从而形成一系列的色彩心理反应。

1. 色彩的表情

表情，原指面部因情绪变化而产生的喜怒哀乐状态。借喻到色彩上，即指色彩包容的丰富含义。人们对色彩赋予的或褒或贬或中性的意义，都是人类将自己的思想、情感移情于色彩对象的结果。在不同的文化背景下，针对同一种色彩对象生发出各异的心理感悟。

无论有彩色的色还是无彩色的色，都有自己的表情特征。每一种色相，当它的纯度和明度发生变化，或者处于不同的颜色搭配关系时，颜色的表情也就随之变化了。因此，要想说出各种颜色的表情特征，就像要说出世界上每个人的性格特征那样困难，然而对典型的性格做些描述还是可能的。

① 红色表情：红色是三原色之一，在高饱和的情形下，它能够向人们传递出热烈、喜庆、吉祥、兴奋、生命、革命、激情、庄重、庸俗、敬畏、残酷、危险等心理信息（如图2-43）。

图2-43 红色的霞光与遍地的枫叶，显示出红色的热烈、喜庆、生命的性格

红色加白淡化成粉红色序时（如图2-44），常给人以女性味道十足的心理触发，如妩媚、温存、甜蜜、娴静等。当正红色掺黑色化为深红色时，包括土红、深红、绛红、赫石、

图2-44 粉色充满甜蜜、温馨与浪漫

咖啡、熟褐等色，则表达出高贵、安详、宽容、沉稳、忠厚、诚实、烦恼、悲伤、枯萎等意味。如果正红色加灰柔化成含灰红色时，呈现出棕色或是茶色等色彩倾向，多传达出柔软、含蓄、忧郁、徘徊等思想寓意。

　　② 橙色表情：橙色处于饱和状态时，是属于一种积蓄无穷能量的颜色（如图2-45、图2-46、图2-47、图2-48），故而多与光明、华丽、富裕、丰硕、成熟、甜蜜、快乐、温暖、辉煌、丰富、冲动、没落、邪恶等千差万别的思想寓意联系在一起。

图2-45　橙色呈现出华丽、成熟与执着　　　　图2-46　橙色呈现出华丽、成熟与辉煌

图2-47　橙色是金秋最典型的色彩　　　　　图2-48　温馨的橙色是理想的餐厅色彩

　　当橙色加白淡化为浅橙色色序时，呈现出象牙色、奶油色等。这类颜色常富于细腻、温和、香甜、祥和、精致、温暖等令人舒心惬意的色彩情调。当橙色加黑呈现出深橙色色序时，它给人缄默、沉着、安定、拘谨、腐朽、悲伤等不尽相同的心理感受。当橙色混灰柔化成含灰橙色序时，可呈现出像烤烟那样的灰色，具有优雅、含蓄、自然、质朴、亲切等色彩格调。不过，此色如被掺入过量的灰色，也会流露出灰心、消沉、失意、衰败、昏庸、迷惑等消极意味。

　　③ 黄色表情：黄色是三原色之一，拥有非常宽广的象征领域。当黄色置于最鲜艳的色彩强度时，它向人们揭示出光明、纯真、活泼、轻松、年轻、幼稚、权势、高贵、嫉妒、藐

视、诱惑等错综复杂的意味。黄色有着金色的光芒，因此又象征着财富和权利，它是骄傲的色彩（如图2-49）。

图2-49　黄色的明亮与灿烂是任何色彩都无法比拟的

黑色或紫色的衬托可以使黄色达到力量无限扩大的强度。白色是吞没黄色的色彩，淡淡的粉红色也可以像美丽的少女一样将黄色这骄傲的王子征服。黄色最不能承受黑色或白色的侵蚀，这两个色只要稍微的渗入，黄色即刻失去光辉。

当黄色中加入紫色或无彩色系的黑、灰而生成新色序，如土黄、苍黄、焦黄等色时，会丧失黄色特有的光明磊落的品格，表露出卑鄙、嫉妒、怀疑、背叛、失信及缺少理智的阴暗心理，同时也容易令人联想到腐烂或发霉的物品。当黄色加白淡化为浅黄色序时，如鹅黄、米黄等，则给人文静、轻快、安详、香脆、幼稚、虚伪等印象（如图2-50）。

④　绿色表情：通常纯正的绿色多蕴涵着和平、生命、青春、希望、轻松、舒适、安逸、公正、平凡、平庸、嫉妒等意味（如图2-51）。绿色转调范围颇为广泛，当正绿

图2-50　淡黄色的服装给人文静、娇嫩的感觉

色倾向蓝色并呈现出蓝绿色序时，便宛如晶莹宝石，显示出神秘诱人的色彩力量。这种由绿与蓝合成的中间色，在我国传统色相名词中又被统称为"青色"。绿与蓝搭配比例不同，又有碧绿、青绿等称谓，常令人联想到年轻、纯洁、永恒、权力、端庄、珍贵、深远、酸涩等。如绿色加白淡化成浅绿色序时，会表露出宁静、清淡、凉爽、舒畅、飘逸、轻盈等感觉。绿色加黑暗化为深绿色序时，呈现出那种充满着苍翠茂盛感觉的大森林的颜色，如苍绿、深绿、橄榄绿、黛绿、墨绿等，能触发出富饶、兴旺、幽深、古朴、沉默、隐蔽、安全、忧愁、刻苦、自私等精神意念。绿色灰柔化为含灰色时，包括诸如银松、石板等色，则使人联想到古典、优雅、朴素、精巧、迷惑、庸俗、腐朽等。

⑤　蓝色表情：一般情况下，高饱和度的蓝色蕴涵着理智、深邃、博大、永恒、真理、信仰、尊严、朴素、权威、保守、冷酷、空寂等含义（如图2-52）。蓝色加白淡化成浅蓝色序

图2-51　绿色显示了生命、希望的性格

图2-52　蓝色显示了其理智、博大、深邃的性格

时，使人联想到晴空万里时的天空或冰天雪地的颜色，蕴涵着轻盈、清澈、洁净、透明、纯正、卫生、清爽、飘渺等意味。蓝色掺黑暗化为深蓝色序时，呈现出神秘莫测的宇宙与深海的颜色，常常向人们暗示出诸如朴素、稳重、深远、智慧、老练、严谨、孤独、静谧、不朽的话语意境，普兰、靛蓝、藏青等即为代表。蓝色混灰而柔化为含灰蓝色序时，则会使人联想到细腻、内向、质朴、愚拙、沮丧、无知等。

　　⑥　紫色表情：通常饱和度极高的紫色承载着人类高贵、庄重、虔诚、梦幻、冷艳、神秘、压抑、傲慢、哀悼等思想意识（如图2-53）。紫色接近红色而呈红紫色序时，形成大胆、开放、娇艳、温暖、甜美等心理定势。紫色掺白淡化成浅紫色序时，特别是呈丁香花色

图2-53　紫色显示了梦幻、神秘的性格特征

时，是少女花季时节的代表色，它显示出优美、浪漫、梦幻、妩媚、羞涩、清秀、含蓄等心理意象。紫色混黑暗化为深紫色序时，现典型的茄子及葡萄的颜色，在这类色彩中渗透着珍贵、成熟、神秘、深刻、忧郁、悲哀、自私、痛苦等抽象寓意。紫色加灰柔化为含灰紫色时，则表现出雅致、含蓄、忏悔、无为、腐朽、病态、消极、堕落等精神状态。

⑦ 白色表情：白色是复合光的色彩，其固有的一尘不染的品貌特性，使人们常能从中得到纯洁、神圣、清白、朴素、光明、洁净、坦率、正直、无私、冷酷、空虚、飘渺、臣服等思想启迪（如图2-54）。

图2-54　白色显示了纯洁、神圣、光明、洁净的性格

当在白色中适宜地掺加微量其他鲜艳颜色时，不仅仍然可以保持其白净透亮的质感，而且可以由此产生一系列富于柔和、轻盈、浪漫、新鲜、朦胧、诗意等超然意味的系列，如浅黄、浅绿、浅红等。

⑧ 黑色表情：黑色是无光时的颜色，与明亮而扩张的白色相比，阴暗而收敛的黑色多呈现出力量、严肃、永恒、毅力、谦逊、刚正、充实、忠义、神秘、高贵、意志、保守、哀悼、黑暗、罪恶、恐惧等意味（如图2-55）。黑色在与其他色彩组合，特别是和纯度高的色彩并置时，能够把这些颜色烘托与强调得即辉煌艳丽又协调统一，黑色也从中获取了自身的表现价值。然而，如果把黑色与铁灰、栗棕、褐色、海军蓝等色配合在一起，就会显得混浊含糊，缺少美感。黑色与任何一种色彩混合时，都会使对方外露出稳重沉着的表情特性，但

图2-55　黑色显示了神秘、高贵、黑暗等性格

同时也是破坏色彩原动力和穿透力，并使之消沉的"罪魁祸首"。

⑨ 灰色表情：作为一种典型化的中性颜色，正灰色是人类精神世界的一个独具异彩的符号载体，并被古今中外的人们赋予了多姿多彩的思想意识，诸如谦逊、沉稳、含蓄、优雅、平凡、中庸、暧昧、消极、灰心等（如图2-56）。灰色更多的是依赖邻接的颜色而发掘和外溢出自身的生命力及色彩底蕴。如灰色与同为无彩色系的白色搭配时，能展露出一种气质不凡的稳重优雅；灰色与黑、白二色组合时，给人以永不过时的时髦印象；灰色与同样含蓄且明度靠近的有彩色系相配置时，则会显现出苍白乏之态。灰色在与其他饱和度高的色彩调混时，会使它们呈现出含蓄柔润、丰富细腻的色彩意象。

图2-56 灰色显示了沉稳、含蓄、优雅、平凡的性格

2. 色彩的情感

（1）色彩的冷、暖感 色彩本身并无冷暖的温度差别，是视觉色彩引起人们对冷暖感觉的心理联想。

暖色：人们见到红、红橙、橙、黄橙、红紫等色后，马上联想到太阳、火焰、热血等物像，产生温暖、热烈、危险等感觉（如图2-57）。

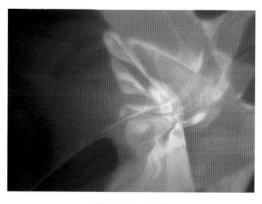

图2-57 暖色　　　　　　　　　　　　　　　　　图2-58 冷色

冷色：见到蓝、蓝紫、蓝绿等色后，则很易联想到太空、冰雪、海洋等物像，产生寒冷、理智、平静等感觉（如图2-58）。

色彩的冷暖感觉，不仅表现在固定的色相上，而且在比较中还会显示其相对的倾向性。如同样表现天空的霞光，用玫红画朝霞那种清新而偏冷的色彩，感觉很恰当，而描绘晚霞则需要暖感强的大红了。但如与橙色对比，前面两色又都加强了寒感倾向。

人们往往用不同的词汇表述色彩的冷暖感觉，暖色——阳光、不透明、刺激的、稠密、深的、近的、重的、男性的、强性的、干的、感情的、方角的、直线型、扩大、稳定、热烈、活泼、开放等。冷色——阴影、透明、镇静的、稀薄的、淡的、远的、轻的、女性的、微弱的、湿的、理智的、圆滑、曲线型、缩小、流动、冷静、文雅、保守等。

绿色和紫色是中性色。黄绿、蓝、蓝绿等色，使人联想到草、树等植物，产生青春、生命、和平等感觉。紫、蓝紫等色使人联想到花卉、水晶等稀贵物品，故易产生高贵、神秘感觉。至于黄色，一般被认为是暖色，因为它使人联想起阳光、光明等，但也有人视它为中性色，当然，同属黄色相，柠檬黄显然偏冷，而中黄则感觉偏暖。

（2）色彩的轻、重感　决定色彩轻感觉的主要因素是明度，即明度高的色彩感觉轻，明度低的色彩感觉重。其次是纯度，在同明度、同色相条件下，纯度高的感觉轻，纯度低的感觉重。

从色相方面色彩给人的轻重感觉为，暖色黄、橙、红给人的感觉轻，冷色蓝、蓝绿、蓝紫给人的感觉重。

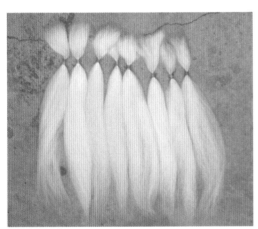

图2-59　羊毛、白云产生漂浮、上升、轻盈的感觉

物体的质感给色彩的轻重感觉带来的影响是不容忽视的，物体有光泽，质感细密，坚硬给人以重的感觉，而物体表面结构松软，给人感觉就轻。明度高的色彩使人联想到蓝天、白云、彩霞及许多花卉，还有棉花、羊毛等，产生轻柔、飘浮、上升、敏捷、灵活等感觉（如图2-59）。明度低的色彩易使人联想钢铁、大理石等物品，产生沉重、稳定、降落等感觉（如图2-60）。

（3）色彩的软、硬感　色彩的软硬感与明度、纯度有关。明度较高的含灰色给人以柔软感，如：粉红、奶白、米黄、淡蓝、淡紫等，使人联想到丝绸、皮肤、奶

图2-60　明度低的深绿、黑色产生稳定、重量感

油蛋糕等；明度较低的高纯度色彩显得坚硬，如：黑、蓝黑、青灰、熟褐、紫红、墨绿等色，使人联想到钢铁、岩石、水泥、煤块、火砖等。明度对比的强弱对色彩的软硬感影响很大，强对比色调具硬感，弱对比色调具软感。纺织品、化妆品需要柔软的色彩感觉；而大型的家用电器需要用"硬"的色彩体现高级、牢固、安全、稳重的感觉。同样，色彩的软硬感觉为，凡感觉轻的色彩给人的感觉均软而有膨胀的感觉。明度越高感觉越软，明度越低则感觉越硬，但白色反而软感略硬。明度高、纯底低的色彩有软感，中纯度的色也呈柔感，因为它们易使人联想起骆驼、狐狸、猫、狗等好多动物的皮毛，还有毛呐，绒织物等（如图2-61）。高纯度和低纯度的色彩都呈硬感，如它们明度又低则硬感更明显（如图2-62）。色相与色彩的软、硬感几乎关。

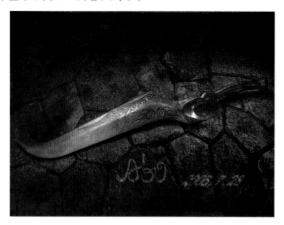 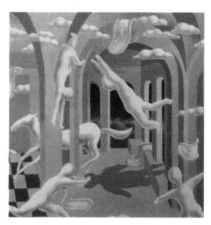

图2-61　明度高、纯度低的色彩有柔软之感　　　图2-62　明度低、纯度低的色彩有硬度感

（4）色彩的前、后感　各种不同波长的色彩在人眼视网膜上的成像有前后之分，红、橙等光波长的色在后面成像，感觉比较迫近，蓝、紫等光波短的色则在外侧成像，在同样距离内感觉就比较后退（如图2-63）。在色彩的比较中给人以比实际距离近的色彩叫前进色，给人以比实际距离远的色叫后退色。给人感觉比实际大的色彩叫膨胀色，给人以比实际小的色彩叫收缩色。

两个以上的同形同面积的不同色彩，在相同的背景衬托下，我们发现给人的感觉是不一样的。如在白背景衬托下的红色与蓝色，红色感觉比蓝色离我们近，而且比蓝色大。当白色与黑色在灰背景的衬托下，我们感觉白色比黑色离我们近，而且比黑色大。当高纯度的红色与低纯度的红色在白背景的衬托下，我们发现高纯度的红色比低纯度红色感觉离我们近，而且比低纯度的红色大。

综上所述，在色相方面，长波长的色相：红、橙、黄给人以前进膨胀的感觉。短波长的色相：蓝、蓝绿、蓝紫有后退收缩的感觉。

在明度方面一般情况，明度高而亮的色彩有前进或膨胀的感觉，明度低而黑暗的色彩有后退、收缩的感觉，但也由于背景的变化给人的感觉也产生变化。

在纯度方面，高纯度的鲜艳色彩有前进与膨胀的感觉，低纯度的灰浊色彩有后退收缩的感觉，并为明度的高低所左右。

实际上这是视错觉的一种现象，一般暖色、纯色、高明度色、强烈对比色、大面积色、集中色等有前进感觉，相反，冷色、浊色、低明度色、弱对比色、小面积色、分散色等有后退感觉（如图2-63）。

图2-63 暖色、纯色、高明度色有前进感，
冷色、浊色、低明度色有后退感

图2-64 暖色、高明度色等有
扩大、膨胀感，冷色、低明度色
等有显小、收缩感

（5）色彩的大、小感 由于色彩有前后的感觉，因而暖色、高明度色等有扩大、膨胀感，冷色、低明度色等有显小、收缩感（如图2-64）。

（6）色彩的华丽、质朴感 色彩的三要素对华丽及质朴感都有影响，其中纯度关系最大。明度高、纯度高的色彩，丰富、强对比色彩感觉华丽、辉煌（如图2-65）。明度低、纯度低的色彩，单纯、弱对比的色彩感觉质朴、古雅（如图2-66）。但无论何种色彩，如果带上光泽，都能获得华丽的效果。

图2-65 画面色彩饱和、对比强烈而
具华丽感图

图2-66 雷诺阿的这幅作品色彩纯度
较低、对比较弱而具朴实之感

色相方面看：暖色给人的感觉华丽，而冷色给人的感觉朴素。

从明度来讲：明度高的色彩给人的感觉华丽，而明度低的色彩给人的感觉朴素。

从纯度来讲：纯度高的色彩给人的感觉华丽，而纯度低的色彩给人的感觉朴素。

从质感上看：质地细密而有光泽的给人以华丽的感觉，而质地酥松，无光泽的给人以朴素的感觉。

（7）色彩的活泼、庄重感 暖色、高纯度色、丰富多彩色、强对比色感觉跳跃、活泼有朝气（如图2-67），冷色、低纯度色、低明度色感觉庄重、严肃（如图2-68）。

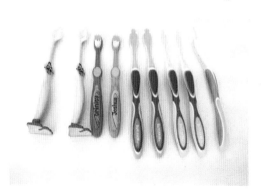

图2-67　儿童用品色彩丰富、纯度
高，具有活泼之感

图2-68　灰棕色调的室内色
彩有庄重之感

　　（8）色彩的兴奋与沉静感　不同的色彩刺激我们，使之产生不同的情绪反射。能使人感觉鼓舞的色彩之为积极兴奋的色彩，而不能使人兴奋，使人消沉或感伤的色彩称之为消极性的沉静色彩。影响感情最厉害的是色相，其次是纯度，最后是明度。红、橙、黄等鲜艳而明亮的色彩给人以兴奋感（如图2-69），蓝、蓝绿、蓝紫等色使人感到沉着、平静（如图2-70）。绿和紫为中性色，没有这种感觉。纯度的关系也很大，高纯度色兴奋感，低纯度色沉静感。最后是明度，暖色系中高明度、高兴奋感，低明度、低纯度的色彩呈沉静感。

图2-69　儿童玩具色彩鲜艳，给人以兴奋感

图2-70　蓝灰色调因是冷色、低纯度而具沉静感

3. 色彩的联想

　　色彩的间接性心理效应中有一个明显的特点，就是由联想导致的，在心理学中将此称为暂时性联想复活。人从出生的一刻起，对这个世界的经验就是相互交叉、相互联系的，从来就没有孤立的事物存在。从另一个视角来讲，人从小到大的成长过程中，一直是在总结旧的经验中获取新的认识。正如一个从来都没有见到过红色的花朵、红色的旗帜、红色的房子、红色的血液的人就不可把红色与热情、生命、警觉等词汇相联系，就不能对红色的感情表达有深刻的认识，更不能把这种认识有序储存于头脑中，成为记忆中的符号。相反地讲，我们

的头脑中一旦将这种有关红色的认识综合，它就不能等同于一般的具体物像和词汇机械地相加了。它会引起内心的各种联想，这种新的联想所得出的认识将会超过事物本身的范围，达到更深刻的新领域，并以新的、丰富的形式体现。这就是创造新事物的结构成因。如我们见到蓝色联想到蓝色的天空、白云及明晰的阳光，联想到大海的涌动和深邃，因此，蓝色就已经产生了一种新的近乎于象征性的价值和结构关系的特征——宏大的、向外拓展的、连续不断地运动中有一种缓而有力的节奏，其中蕴含着一种有规律性的重复。当再次遇到蓝色时，这一切将被唤醒，成为创造新事物有效的组成部分和可能性。其他的色彩同样如此。

色彩的联想可分为两大类，一是具体的联想，一是抽象的联想。

（1）色彩的具体联想　所谓具体的联想，是指看到某种色彩使人联想到自然界具体的相关事物，如看红色联想到红旗、火焰、晚霞等，看到黄色联想到柠檬、黄花、黄帝的衣服，看到蓝色联想到天空等具体的事物（如表2-2）。

表2-2　色彩的具体联想

色彩	具体联想	色彩	具体联想
红	火焰、血液、红旗、晚霞	蓝	海洋、蓝天、远山
橙	橘子、秋叶、柳橙、夕阳	紫	葡萄、茄子、紫罗兰、薰衣草
黄	柠檬、香蕉、油菜花、黄金	白	白雪、白云、白纸
绿	草地、树叶、蔬菜、足球场	黑	墨汁、夜晚、木炭、头发

（2）色彩的抽象联想　抽象的联想是指由看到色彩就使人直接地联想到的抽象词汇，如看到红色联想到热情、生命、奔放、警惕等，看到黄色联想到酸味、闪烁、权利、崇高、壮丽、天国的光辉等（如表2-3）。

表2-3　色彩的抽象联想

色彩	抽象联想	色彩	抽象联想
红	兴奋、热烈、激情、喜庆、高贵、紧张、奋进	蓝	清爽、理智、沉静、伤感、寂静、深远
橙	愉快、甜美、成熟、活泼、热情、	紫	高贵、神秘、温柔、女性
黄	光明、希望、青春、明朗、欢快	白	洁净、清晰、纯真、虚无
绿	舒适、和平、新鲜、青春、希望	黑	深沉、坚定、压抑、悲痛

具体联想与抽象联想的交互作用相辅相成，为创作表现提供了从目标意义到基本结构的参照和把握某一主题的结构要点。

色彩的联想是一种创造性的思维能力，即受到看见颜色的人的经验、记忆、知识等的影响，所谓"因花想美人，因雪想高山，因酒想侠客，因月想好友。"这都是因为人对过去的印象和经验的感知所引起的联想。所以当我们看到某个色时，自然会立刻想到生活中的某种景物，而且伴随着联想还会出现一些新的观念。联想越丰富，对于色彩的表现也越丰实。因此，了解色彩的联想对了解联想者的注意力、想像力、个性发展等心理发展方面的情况很有好处，并有助于色彩艺术创作设计。

当然，对色彩的联想，不能一概而论，这与人们的生活阅历、职业、性别、兴趣、知识、修养直接有关，如：同一种色彩可能使人联想到好的或不好的，红色，可以因为太阳或火焰使人感到热烈，也可以因为与生命有关的鲜血使人感到惊恐，尤其是色彩所表现的形体感觉越具体时，人们的联想越明确。也可以因红旗、鲜花，使我们想到革命、掌声等。还有，对于不同年龄段的人对色彩的联想也存在着差异。一般来说，少儿对色彩的联想大多数是具象联想，如周围的动物、植物、玩具、食品、服装等具体的东西；而成年人则不同，由于生活的经历，他们更多的是用心去感受色彩，通过移情作用去欣赏色彩，当某种色调出现时，他们会联想到社会生活实践中的某些抽象概念，并引起情感上的共鸣。

4. 色彩的象征

在今天的世界里，不同的民族，都拥有自己象征性的色彩语言，象征性的色彩是各民族在不同历史、不同地理以及不同文化背景下的产物，既有共同性又有个性，构成了人类文明的一部分内容。比如：黑色在西方葬礼上倾诉着对死者的哀悼。而在中国，白色则把人们的哀伤投向虚幻的空灵，在那一片模糊的光芒中超度死者的亡灵和生命的企望，而青黑色则是那样的理智、冷漠空无，像永恒的宇宙深奥无垠。这是两个极端的对立色彩，但却同样深沉、有力，彼此刺激着对方，把力量无限扩大，形成一个不可抗拒的整体。

所谓色彩的象征是指人们共通的"色彩联想"逐渐在社会中固定下来，形成某种特定的含义，也就是"色彩的象征"。象征往往是跟联想有关，它是人们在长期感受、认识和运用色彩过程中总结形成的一种观念，形成人们的一种共识。

红色：在我国象征革命，如国旗、红领巾。在红色的感染下，人们会产生强烈的战斗意志和冲动，使红色有积极向上、活力、奔放、健康的感觉（如图2-71、图2-72）。红色又代表喜庆，在我国，传统的婚婆喜庆、大红喜字、挂红灯、贴红对联、穿红袄、坐红轿等都离不了红色，中国传统还多用红色表示女子，如："红妆"、"红颜"、"红楼"、"红袖"、"红杏"等都少不了红色。当红色加白粉变为粉红色时，它代表温柔、梦想、幸福和含蓄，是温和中庸之色。比较红色的狂热来，粉红色更有"柔情"之感，是少女之色。当红色加黑、蓝变为深红色或紫红色时，它代表稳重、庄严、神圣，如舞台的幕布，会客厅的地毯。而在西方国家，由于民族、宗教信仰的不同，深红色又被赋予嫉妒、暴虐的象征。在安全用色中，红色又是停止、警告、危险、防火的指定色，如消防车的色彩、急救的红十字、警车的信号灯、交通停止信号灯等。此外，红色与不同的色彩组合，又会产生不同的心理反应，瑞士的色彩学家约翰斯·伊顿就这样描绘了不同组合下的红色。"在深红的底上，红色平静下来，热度在熄灭着；在蓝绿色底上，红色变成一种冒失的、鲁莽的闯入者，激烈而又寻常；在橙色底上，红色似乎被郁积着，暗淡而无生命好像焦干了似的"。

橙色：橙色是欢快活泼的光辉色彩，是暖色系中最温暖的颜色。

橙色的象征：收获、自信、健康、明朗、快乐、力量、成熟（如图2-73、图2-74）。

图2-71　红色的服装充满活力与奔放

图2-72　红色的家具充满喜庆与现代感

图2-73　温暖的橙色调充满了温暖、喜悦　　　　　图2-74　橙色是富足、成熟、快乐的象征

　　黄色：在中国的封建社会里，黄色在东、南、西、北中代表中央，被规定为帝王的专用色，一般老百姓是不许用的，如龙袍、龙椅、宫廷的建筑等，黄色被视作权力、威严、财富、高贵、骄傲的象征。在古罗马，黄色也被当作高贵的颜色，象征光明、希望和未来。在欧美，信仰基督教的国家，黄色又被认为是叛徒犹大的衣服色彩，是卑劣可耻的象征。在信仰伊斯兰教的国家，黄色又是死亡、绝望的象征。在美国、日本，黄色又作为思念、期待的象征。在现代黄色又往往和低贱、色情、淫秽联系在一起，如黄色书刊、光碟等出版物。

　　黄色的象征：光明、希望、权威、财富、骄傲、高贵（如图2-75）。

　　绿色：在世界范围内是公认的"和平色"、"生命色"，《圣经·创世纪》里有一个故事讲

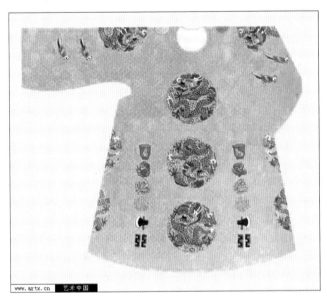

图2-75　黄色是封建社会帝王的服饰色彩，
是高贵、权利的象征

到："鸽子完成使命后，嘴衔绿色的橄榄叶向主人通报平安的到来，从此，鸽子、橄榄叶、绿色就成了和平的象征。"据说现代的邮政色彩就是由这个典故而来的。歌德认为"绿色给人一种真正的满足，当视线落到绿色上，心境就平静下来，不再想更多的事情。"康定斯基也认为"绿色具有一种人间的自我满足和宁静，它宁静、庄重、超乎自然。"绿色是安全的颜色，在医疗机构场所和卫生保健行业中的绿色是健康、新鲜、安全、希望的象征，绿色食品即无污染的、天然的安全食品，绿色通道即安全通道，在交通信号中，绿灯为通行，绿色由于和自然色接近也将此作为国防色和保护色。

绿色的象征：生命、和平、成长、希望、春天、安全、青春（如图2-76、图2-77）。

 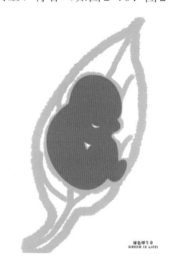

图2-76　绿色的手提袋象征着希望、环保　　　图2-77　宣传画以绿色象征着生命与希望

蓝色：在我国古时贫民的服装多为青蓝色表示朴素，文人服装用蓝色表示清高，我国传统的青花陶瓷中的青蓝色则表现中国人沉稳内敛的民族性格。在现代，蓝色又是永恒的象征，是前卫、科技与智慧的象征。在西方，蓝色又是名门贵族的象征，所谓"蓝色血统"就是指出身名门，具有贵族血统、身份高贵。蓝色在西方又象征悲哀、绝望，"蓝色的音乐"即悲哀的音乐。在英国，蓝色又象征忠诚。

蓝色的象征：永恒、稳重、冷静、理性、科技、博大（如图2-78、图2-79）。

紫色：瑞士色彩学家约翰斯·伊顿描述："紫色是非知觉的色，神秘，给人印象深刻，有时给人以压迫感，并且因对比不同，时而富有威胁性，时而又富有鼓舞性，当紫色以色域出现时，便可能明显产生恐怖感，在倾向于紫红色时更是如此"。康定斯基认为："紫色是一种冷红，无论从它的物理性，还是从它造成的精神状态上看，紫色都包含着虚弱和消极因素。"

紫色的变调会产生不同的效果，紫色向蓝色倾斜变为蓝紫色时，表现孤独、寂寞，紫色向红倾斜时，变为红紫色，显得复杂、矛盾、表现为神圣的爱情和精神的统辖。当加黑变为深紫色时，又是愚昧和迷信的象征。当加白为淡紫色时，又好像天上的霞光，动人心神，不同倾向的紫色都能容纳白色，不同层次不同倾向的淡紫色都显得柔美动人，使人觉得紫色具有强烈的女性化性格，淡紫色的组合能体现女性的温柔、优雅、浪漫的情调。

紫色的象征：优雅、高贵、华丽、哀愁、浪漫、梦幻（如图2-80、图2-81）。

黑色：给人以一种神秘、黑暗、死亡、恐怖、庄严的象征。能表现出一种刚毅、力量和

图2-78 青花陶瓷中的青蓝色象征中国人沉稳内敛的民族性格

图2-79 蓝色是冷静、稳重、理性、博大的象征

图2-80 紫色象征着优雅、高贵、华丽、梦幻

图2-81 紫色调的家装充满浪漫

勇敢的精神，具有男性的坚实、刚强、威力的性格意象，体现男性的庄重、沉稳，渊博、肃穆的仪表和气质。

黑色的象征：死亡、永久、庄重、坚实、刚强（如图2-82、图2-83）。

白色：中国把白色当作哀悼的颜色，白色的孝服、白花、白挽联，以白色表示对死者的缅怀、哀悼和敬重。在西方国家却不一样，白色是婚礼中新娘子的服装色彩，飘逸的白婚纱，洁白无瑕，是纯洁、神圣、虔诚、幸福的象征。

白色的象征：纯洁、神圣、清洁、高尚、光明（如图2-84、图2-85）。

灰色：灰色介于黑白之间，具有黑白两色的优点，具高雅、稳重的风韵。单纯的灰色意味着一切色彩对比的消失，是视觉上最安稳的休息点，具有灰尘、阴影、平凡，顺服等特性。

灰色的象征：朴素、稳重、谦逊、平和（如图2-86）。

金色：是古代帝王的奢侈装饰，金色宫殿、金色皇冠、金银餐具、金银首饰是帝王威严与权力和富贵的象征。在印度一带佛教国家，金色又象征佛法的光辉和超凡脱俗的境界。在

图2-82　黑色有庄重、沉稳的象征

图2-83　黑色调有黑暗、死亡、恐怖的象征

图2-84　白色是纯洁、清洁、
神圣的象征

图2-85　家装白色调有明快、简洁、时尚之感

图2-86　灰色是朴素、平和、含蓄的象征

现代设计中，高档的商品适当加上金、银色，更能体现它的档次和豪华感。

金银色的象征：富贵、权力、威严、豪华（如图2-87、图2-88）。

图2-87　金色是高贵、华丽、富贵的象征

图2-88　银色有现代、时尚、华丽之感

思考练习题

1. 什么是色彩的三要素？分析三要素与设计色彩的联系。

2. 做24色相环一幅。

3. 体会不同色彩的特性与象征意义。

4. 根据明度对比理论，自选九个调子做明度对比练习。

5. 根据色相对比理论，选同一图形分别做同种色、近似色、类似色、中差色、对比色、互补色练习。

6. 根据纯度对比理论，分别做九种不同程度的纯度对比练习。

7. 根据冷暖对比理论，自选图形做四幅冷暖对比训练。

8. 任选主题与图形，做四幅色彩的情感训练（如：软硬、轻重、膨胀与收缩、华丽与质朴、活泼与庄重感等）

第三章　写生色彩与设计色彩

教学目的：通过本章的系统学习掌握写生色彩的观察方法及表现方法，从而培养和提高设计者的观察能力、审美能力和创造能力，掌握设计色彩的观察方法及表现方法，通过色彩的设计训练，摆脱对自然色彩关系的依赖，以我们的主观意愿和感情自由运用和表现色彩。

本章重点：写生色彩的概念、观察方法与表现方法；设计色彩的概念、观察方法与表现方法；色彩的表现类型。

第一节　色彩与写生、设计

色彩是生活中一种十分重要的信号元素。人们对任何事物所产生的第一印象中百分之七十来源于色彩，但不同的人和不同的环境对色彩的认识和感受都会有所不同。

其实在生活中，人们用肉眼能够感觉到色彩，实际上是被物体反射或透射到眼中相应波长的光。光线被吸收、透射和反射的发生，通常是由波长来决定。如果某些波长比其他波长透射或反射得多些，这些波长的颜色就是我们看到的物体的颜色（如图3-1）。

比如，当看到绿叶时（如图3-2），是因为由于光的照射，叶片上反射或透

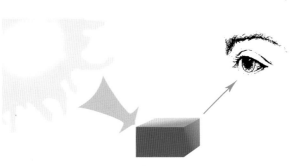

图3-1　色彩的形成

射出一定的绿色光波的缘故。同理，当看到黄色或红色的叶片时（如图3-3），也是因为眼睛接收了叶片所反射或透射出的黄色或红色的光波。

图3-2 绿叶／岳同辉　　　　　　　　　图3-3 红叶／岳同辉

在绘画表现中，色彩是一种极其重要的表达语言，它对深入刻画形象，抒发感情，烘托气氛，准确、鲜明、生动形象地表现物象和情感等方面，是其他绘画语言所不可替代的。

色彩写生的过程，是将眼睛所看到形及所接收到的各种光波用画笔记录下来的过程。在整个过程中，我们要将不断接收的光波通过大脑的记忆和分析，调和出与写生物象相一致的色调，从而培养我们的色彩感知能力与配色能力。色彩的出现使写生画面更加真实生动（如图3-4）。

图3-4 花束／仇雨平

而设计则是在掌握了色彩感知能力及配色能力的基础上，依据艺术设计专业自身的特点与要求，运用色彩归纳、概括、提炼等手段，表现和呈现空间，将色彩与主观意识相结合，有方向性的表现事物的过程。

色彩在设计中着重强调物象的形式美感以及色彩的对比协调关系，这些色彩关系的运用正是使设计产品成功走向市场的保证。不同的色彩给人不同的心理感受，如红色使人激动，蓝色使人冷静，黑色使人严肃，绿色则使人充满希望，色彩的正确使用使设计更具有人性化的主观思维，更符合生活的需求。

概括而言，写生是再现色彩的过程，而设计则是应用色彩的过程。

第二节 写生色彩的基本内容

一、写生色彩的概念

写生色彩指从有明确依据的观察色彩的角度和方法入手，通过研究和表现自然光的色彩变化，揭示色彩美感的内在联系，以写生的方式对自然界中客观存在的物体色彩的真实状态的摹写与描绘。

写生色彩把物体的固有色、光源色、环境色做为一个不可分割的整体来研究和表现。多考虑物体固有色因素、色调的协调问题，强调光线对于自然界色彩的影响，从客观真实的角度来观察、分析和再现色彩关系的，追求从大自然中获取色彩的第一感受，在画面中表现出物体在一定光线下和在特定环境中色彩之间的综合效果。

二、写生色彩的观察方法

任何物体的色彩都不是孤立存在的，认识色彩的观察唯一正确方法就是整体观察、互相比较，分析和发现色彩的大关系。整体观察是为了把握和控制画面的基本色调和大的色彩关系而对描绘对象的整体进行全方位的观察，比较是整体观察的深化，是认识客观对象的第一要素，有比较才有鉴别。只有通过对物体间的色相、明度、纯度、冷暖等进行反复比较，分辨色彩倾向，寻找色彩之间的微妙变化和差异，才能掌握对象诸种因素的正确关系。

写生色彩的观察感觉靠比较而获得。在观察过程中，把被画物的固有色、环境色、光源色作为一个统一的整体来全面的观察比较，找出正确的色相、冷暖、明度、彩度等色彩关系。观察色彩的方法是比较的过程，在比较中看到变化与统一。

1. 观察固有色

固有色是指物体上自身所呈现的颜色。如"花红柳绿"（如图3-5）。但实际上，所有的物体并没有自己的色彩，而我们所看到的不过是光照射在物体上反射到人眼睛里所呈现的颜色。这种颜色在同一类别的物体上具有广泛性和稳定性，对于观察者更体现出了可识别性的作用，因此称它为"固有色"。

在写生过程中，固有色的出现，使表现的不同物体所组成的画面在明度、冷暖、色相、纯度等方面产生了一定的倾向，从而形成了画面的主

图3-5 花/李星

色调。色调起着色彩的支配作用。作画前不能正确地掌握主色调，画面就会产生紊乱。因此，写生中首先要通对物体固有色的观察才能看到一个整体的、和谐的大小色块所组成的总

的色调特征。

2. 观察环境色

处于同一场景的不同物体，通过吸收与反射光，物体与物体之间会相互受到不同程度的色光影响，这些色光会导致物体本身的固有色发生微妙的变化，这些变化在相邻的物体相互离去时消失，这种影响就是环境色的体现（如图3-6）。

环境色的观察和表现是色彩写生中第二个重要环节。它的反射力较小却又不可或缺，如，放着红色苹果的白色瓷盘上会有红色的成分；假如一组静物中蓝色陶瓷瓶的暗面与黄色水果相邻时，蓝色陶瓷瓶的暗面色中就带有黄色倾向，而黄色水果的亮面色彩也会呈现蓝色倾向（如图3-7所示），白色衬布上呈现出苹果与黄色陶罐的黄色环境色，由此可见，环境色的使用能使整个画面更加和谐统一。

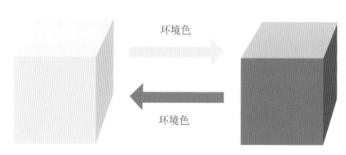

图3-6　环境色的形成　　　　　　　　　　图3-7　环境色的表现

3. 观察光源色

光源色，顾名思义，就是来源光自身的色彩倾向。写生中，除了观察物体的固有色与环境色之外，还应观察光源色对物体的影响。通常情况在一种光源下，每个物体的受光面的颜色中都有偏光源色的倾向。如：风景色彩中的蓝天、白云、黄土、绿树、青草的亮面色，会

图3-8　干草垛/莫奈

随阳光在早晨、中午和下午各个不同时段的光色变化而发生改变。阳光的色彩一般在早晨和下午时段多呈橘黄色，这样，处在阳光照射下的物体，其亮面的固有色中就会带有橘黄色（如图3-8）。

为了探索不同光照条件下物体的客观色彩变化以及色彩之间的相互影响而产生的各种色彩关系，十九世纪末，法国印象派画家就研究如何表现画面光与色的关系，如室外的阳光，室内的有色灯光都会在物体上产生色彩效果（如图3-9、图3-10）。由此可见，光源色能帮助我们更好的展现出所画内容的绘画时间与环境（如图3-11、图3-12）。

图3-9　夜间咖啡馆/梵高

图3-10　星空/梵高

图3-11　绿衣舞蹈演员/德加

图3-12　舞台上的舞女/德加

4. 整体观察

在整体作画过程中，要学会整体观察，始终坚持从整体上把握的原则，分析每一笔颜色在整幅画面效果中的位置及视觉分量，因为生活中一切物象的色彩，都有两方面的特点。一方面，每一种物象都有属于自己而区别于其他物象的色彩。但另一方面，任何事物都存在于一定的环境之中，它们与身边的事物相互影响，无论是一组静物、一片风景还是人群，都不能单一的只看固有色，或只关注环境色和光源色，所有的色彩都是相辅相成的统一体，只有整体观察才能保证画面色彩的恰到好处。

图3-13　明度

另外，整体观察的同时要注重色彩之间的比较，从明度上看（如图3-13），所有物象都分为黑白灰三个色域，从色彩上分析，则分为亮色、过渡色及暗色。灰色域是黑白灰三个色域中最宽泛的部分，同理，在色彩绘画过程中，画面上最重的颜色与最亮的颜色只是很少一部分，过渡色才是主要表现部分。过渡色是在重色与亮色之间排列着各种不同明度的颜色，一部分靠近重色域，一部分靠近亮色域，这个色域受环境和光源作用既可以向暗色域靠拢，又可以偏向亮色，从而达到色彩组合的目的。因此在整体观察时，要仔细比较色彩的表现范围和饱和度，才能避免盲目作画。

三、写生色彩的表现方法

色彩写生是再现自然、再现生活的真切感人的强有力的手段。在作画过程中，正确地观察和掌握客观物体的色彩规律能提高色彩的分辨能力和使用色彩造型的能力，是色彩写生的关键。因此，要提高作画者的色彩写生水平，不仅要强化色彩意识，还要掌握色彩写生的表现方法（如图3-14）。

图3-14　静物

1. 整体表现
从整体开始控制画面的基本色调，首先找到画面中大的色块区域，比如风景画中的远景：天空、白云与黄土、绿树和青草等近景，都有各自鲜明与独特的色彩相貌，我们抓住其特点概括归纳为几大色块，可以使用大笔触将大的色彩关系画出来以表现对象的总体感觉（如图3-15）。

2. 调整修改，深入刻画
局部调整也是构成画面调子完整的色彩因素，找出局部在整体中的位置，通过观察整体

图3-15　整体表现

调子的冷暖、明暗关系来检查反光和环境色对画面色调的影响。以大的色彩关系去衡量局部细节的准确度，大色块中蕴涵着局部颜色的微小变化，这个变化的色彩是一种物体的色相在另一物体色相中的具体反映。找出物体之间细微的变化，进行再次提炼概括。局部刻画是一个融入在整体大关系中的由浅到深的过程，不能孤立地跳出画面，任何时候停下，画面的整体关系都是完整的（如图3-16）。

图3-16　深入刻画

从整体到局部再到整体的观察和表现方法始终贯穿整个作画的过程中。

3. 先色后形

这种表现方法有益于提高对色彩的概括能力。在理解色光的基础上，确定轮廓后，在短时间内迅速抓住某一物体或某一景物的色彩大关系和调子特点，完全排除细节描绘，以不同色块的明度、冷暖、面积的对比强调对象复杂的色彩和形态。并处理好色彩中心和其他颜色的关系，组成统一的色调，以表达一定的内容和主题。

4. 对比调和

对比调和是绘画中的一种表现手段，没有对比就没有表现力。色彩在空间中有一定的倾向性，单纯的中间状态是不大可能的，加强各种色彩对比可以起到激活画面、突出形象、加强空间、距离、体积等画面主题的画面效果。常用的对比方法有冷暖、明度、纯度等，运用时须根据主题、内容和画面效果需要有所侧重。著名的色彩学家约翰内斯·伊顿在《色彩艺术》中说："眼睛对任何一种特定的色彩同时要求它的相对补色，如果这种补色还没有出现，那么眼睛会自动地将它产生出来。正是靠这种事实的力量，色彩和谐的基本原理才包含了补色的规律。"调和的常用方法有主导色、同邻近色、光源色、对比色的调和。对比给人以强烈的感觉，调和则给人以协调统一的感觉，是对立的统一。在色彩写生中，强调对比的同时，也要注意调和，而调和与对比恰是矛盾的。利用这一矛盾可以使画面产生生动而真实的变化统一效果（如图3-17）。

图3-17　静物写生

第三节　设计色彩的基本内容

一、设计色彩的概念

设计色彩不同于传统的绘画色彩，它是以培养设计师为目的的，在研究色彩的过程中着重研究物体固有色的对比、协调，颜色组合、色调问题，在色彩运用上较之写生色彩注重色的单纯和大色域对比，主观性较强，突出研究色彩的结构和性质，以强化训练设计者的色彩构思与想像性思维、创意性思维为目的（如图3-18、图3-19）。

二、设计色彩的观察方法

设计色彩不是以客观写生为主，因此在观察过程中要学会取舍，归纳。将画面中的同类色、类似色、邻近色、对比色、互补色等灵活运用于设计造型中，使画面效果产生秩序感、节奏感，通过形与色的结合来实现色彩传递和表达感情的目的。

图3-18 学生习作

图3-19 学生习作

1. 观察固有色彩

物体常常具有其独特代表性的色彩特征，即固有色。这些色彩对于设计而言有较高的识别性和记忆性。如在人们的普遍意识中，花是红色的，叶子是绿色的。

在设计过程中，表现主体常常是经历写实到变形，三维到二维的变化过程，"变形"是依据不同对象特征进行概括、简化，改变其表现物象的外在形式，将"自然"形态转化为艺术形态，因此固有色的把握，使表现物象在变化的外形下保持其固有的外在视觉特征，二维空间的变现使物象本身的代表色彩表现更为纯粹，视觉感更强。

2. 捕捉对比色调

对比色是视觉感最强的色彩，如：红与绿、黄与紫、橙与蓝等。强烈的视觉效果是设计所追寻的表现目的，学会观察并找到物象中对比色的部分能使画面更加亮丽、鲜艳、夺目。使设计作品达到更强的视觉传达作用。但使用对比色的同时要能把握好画面的主色调，用色时，分析画面的主要色调倾向，如画面以暖色调为主，对比色的表现上则大面积红色调、黄色调等暖色系，如画面以冷色调为主，在对比色的使用上，让绿色、蓝色等冷色系占较大面积，其对比色辅助出现（如图3-20、图3-21）。

图3-20 对比色（一）

图3-21 对比色（二）

同时，对比色用色时把握好对比色用色的位置和分量，太少达不到强烈的视觉效果，用色太多则使画面色彩凌乱，太过花哨，只有运用比例适量，才能使画面达到统一和谐的效果，而不至于适得其反。

3. 把握明度关系

色彩的明度包括同一种色之间的明度差和不同色彩之间的明度差两个概念。同一色相的明度中存在深浅的变化，如红色由浅到深有朱红、大红、深红等明度变化；不同色彩中黄色明度最高，紫色明度最低，绿、红、蓝、橙的明度相近，为中间明度（如图3-22）。

图3-22　明度变化

不同的明度关系，在设计作品中起着重要的视觉影响作用。从左至右分别是由高明度基调、中明度基调和低明度基调构成的。高明度基调（高长调）给人的感觉是明亮清晰、轻快、柔软、明朗、娇媚、纯洁，运用不当会使人感觉冷淡和病态；中明度基调给人以朴素、庄重、稳静、刻苦、平凡有寂寞感的感觉，运用不当造成呆板、迟钝、贫穷、无聊的感觉；低明度基调给人感觉沉重、浑厚、刚毅、神秘，运用不当构成黑暗、阴险、哀伤等色调。

4. 协调对比冷暖

冷暖关系的观察与分析主要是决定整个画面的主色调对人们心理产生何种视觉感受。在色彩基础知识的学习中我们了解到，能使我们联想到冰、雪、海洋、蓝天，从而产生冷寒的心理感受的以天空蓝为基调延伸出来的颜色，如青、蓝、紫是冷色（如图3-23）；而能使我们联想到温暖的阳光、火、夏天而产生温热的心理效应的以大地黄为基调延伸出来的颜色，

图3-23　冷色调

图3-24　暖色调

如黄、橙、红是暖色（如图3-24）。这些感受直接影响到设计作品的创作目的和意义（如图3-25）。

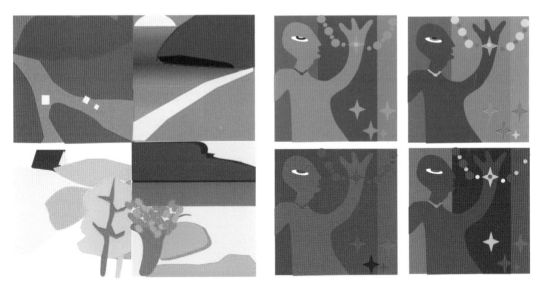

图3-25　冷暖色调

三、设计色彩的表现方法

设计色彩的表现方法从感性的绘画色彩角度出发，用绘画色彩方法来认识、感触色彩，并利用色彩知识与能力准确地描绘对象，学习掌握色彩规律，逐步在绘画感性色彩研究的基础上，对自然色彩加以整合和设计，形成色彩符号概念，使设计色彩在具有审美功能同时也具有以辨识、呈诉与驱动的实用功能（如图3-26），从而达到与设计相适应的，定量化、理性化的分析与实践上来。

图3-26　色块组合

1. 光色表达

正确的认识、表现自然光、色关系，能够使我们拥有良好的观察能力，从而可以准确地分辨色彩，生动地塑造所描绘的对象（如图3-27）。首先找出画面中最暗的和最亮的颜色，然后由深到浅排列，同时根据对客观对象的认识与理解，对大的黑白灰层次进行概括，运用提炼、夸张、组合客观物象等方法，捕捉自然中优美色块关系，把自然形态和色彩转化为具有的装饰艺术色彩。不强调自然的真实感，只需要满足画面的趣味性、和谐性和统一性，使画面效果丰富多彩。绘画的过程中强调从色彩写实思维模式转向色彩设计思维模式。

图3-27 光色的表现

把观察与发现的色彩关系、色彩兴趣点，经过大脑归纳、提炼后，以小色稿的形式记录，明确目标（如图3-28）。

图3-28 光色的归纳训练

2. 空间色彩

在理解色彩特性的基础上，以空间的心态审视色彩的组织与秩序，认识深度空间和平面空间的色彩关系。可以把过去一些小空间众多复杂的主体对象置换在较大的空间环境中，使之成为大空间的从属位置或组成部分，画面中各部分的色彩关系凭个人偏爱进行重新取舍、裁截、挪移、组合，形成新的色彩变化（如图3-29、图3-30）。

图3-29　空间的色彩表现　　　　　　　　图3-30　空间的色彩表现

① 面积因素。在写生训练中要把握画面的主色调，而在二维空间的设计色彩中，色彩面积的把握影响色彩的空间感。"万绿丛中一点红"，表现的是大面积的绿色能突显出小面积的红色，无论是哪种颜色，当色彩面积呈现大的对比关系时，小面积的色彩具有前进感，而大面积的色彩在视觉上成为了背景色。在设计色彩中，色彩经过归纳、整合、提炼，色彩通常以大面积平涂出现，这就要求在设计过程中把握好色彩面积的比例关系，才能营造画面的空间感（如图3-31）。

② 大小因素。画面空间感的表现可以通过色彩的"热胀冷缩"现象来表现。人的视网膜在接受暖、强光会产生扩散性，成像的边缘出现模糊，产生膨胀感；反之，当视网膜受到冷、弱光时产生收缩感，成像相对清晰，因此，暖色和亮色会使人有扩张感，而冷色、暗色则会给人收缩感。同样的道理，穿深色的衣服比穿浅色的衣服显得苗条。运用这个原理，在色彩训练中，用冷色和暗色表现远处的物象，用暖色和亮色表现近处的物象能加强视觉空间感。

③ 进退因素。进退感是色相、纯度、明度、饱和度等多种对比造成的错觉现象。暖色给人前进感，冷色给人后退感；饱和度和纯度高的色彩有前进感，饱和度低和纯度低的色彩给人后退感；明度对比大的色彩给人前进感，明度对比小的色彩组合则给人后退感。

3. 色彩整合

通过对一组特定对象的色彩、色调的研究，提纯原有对象的基本色彩，重新设计组织画面色彩，改变不同色彩之间的比例关系，通过调整、整合各种色彩的相互关系，在画面中建立起和谐的符合色彩规律的新的色彩关系（如图3-32）。

观察整合对象，从色彩兴趣点部位画起，不预定方案，根据意识流动而变化，以便开启设计色彩思维与创造能力，从而避免理性、死板的画面。从被动塑造到主动整合自然色彩，

图3-31　面积大小对色彩空间的影响

图3-32　色彩整合

图3-33　色彩整合

随机把握，使画面具有生长感、灵动感（如图3-33）。

4. 意象思维体现

意象作品是以客观现实为原型进行表现的，这类表现形式不拘泥于客观物象的真实再现，倾向于作画者内心真实，形象更集中、更典型的表现力和形式美感。意象作品以表现作画者的个人情感、主观意识为主。作品中往往采用了夸张、变形、重组等手法，突出结构特点，不符合客观物象比例或仅强调某种色彩感受，改变客观物象的色彩关系，打破惯常的时空概念，营造出一种幻境（如图3 34、图3-35）。

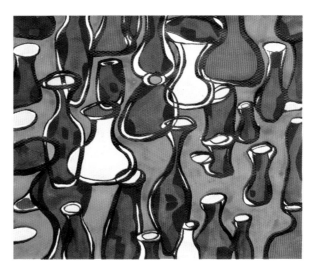

图3-34　意象思维训练　　　　　　　　　　图3-35　意象思维训练

5. 抽象思维体现

与意象作品相比，抽象作品是一种完全体现作画者主观思想的表现。它是一个提炼的过程，主要包含以下两种类型。

① 从自然现象出发加以简约或抽取其富有表现特征的因素，形成简单的、极其概括的形象。这种抽象表现具有一定的参照物，因此在造型和用色上不能太过于灵活，色彩表现上将表现对象的客观色彩与主观色彩相结合，形成新的视觉效果（如图3-36）。

② 不以自然物象为基础的几何构成。这类表现形式更为主观，将设计出来的不规则图形用自己所理解的色彩表现画面的心理特征，如以"激昂"为主题的设计画面，主色调选择红色、黄色等颜色为主；设计以"和谐"为主题的设计画面，主色调则选择以表现冷静的蓝色或表现生命力的绿色为主；以"青春"为主题的设计则应以具有丰富视觉效果的对比色为画面的主要表现色彩（如图3-37）。

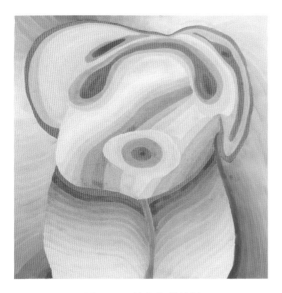

图3-36　抽象思维训练　　　　　　　　　　图3-37　抽象思维训练

抽象表现绘画有两大类，一是以康定斯基为代表的"热抽象"表现绘画，其特点是：强调感性，表现自由奔放，常表现运动、不安、躁动、狂热、低落等情绪（如图3-38、图3-39）。二是以蒙德里安为代表的"冷抽象"表现绘画，其特点是：强调理性，画面中的点、线、面、形、色严格有序，其形的分割比例面积数值化，作品极具现代感，表现秩序、严谨、冷漠、安静、单纯的构成美（如图3-40）。

图3-38　构成第七号　康定斯基

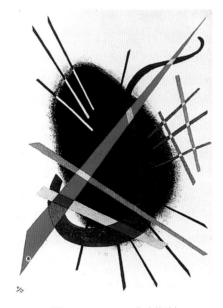

图3-39　无题　康定斯基

图3-40　蒙德里安

第四节　设计色彩与写生色彩之间的区别与联系

1. 设计色彩与写生色彩之间的区别

写生色彩是色彩学习中最基本的学习内容，也是最早接触色彩这门学科的表现方式。写生色彩追求对自然物象的直观感受，以光照作用下产生的色彩变化为主，对表现物体瞬间引起变化的色彩进行敏锐的捕捉，并用色彩准确、生动、逼真地加以再现，它研究的是物体的光源色和固有色、环境色的变化规律及其相互之间的关系，客观地、写实地去描绘物象的形体、色彩、质感、空间等（如图3-41）。

图3-41　写生风景色彩的表现

设计色彩则是在绘画写生色彩的基础上，根据设计专业的特点和要求，运用色彩归纳、概括、提炼等手段，表现物体之空间，它更注重和强调物象的形式美感以及色彩的对比协调关系，培养设计者表现色彩的能力和主观思想（如图3-42）。

图3-42　设计风景色彩的表现

写生色彩是真实地再现自然物象，绘画者科学认识与观察是表现写生色彩的正确方式。写生色彩是感性的、客观的、空间的、真实的，而设计色彩则是理性的、主观的、平面的。将视觉中观察到的色彩经过有目的的筛选、梳理、提炼、变化体现出来就形成了设计色彩。

2. 设计色彩与写生色彩的联系

① 敏锐观察能力的培养。培养敏锐的观察能力决定着作画和设计时是否了解色彩的特点及变化规律。观察方法就是作画者的思维方法，只有把握正确的思维方法，才能进一步准确地把握色彩。

色彩写生的对象通常是自然物象，包括静物、风景和人物，从自然中找寻色彩的基本规律和变化方法。但自然界是五彩纷呈的，需要有一双捕捉大自然中优美色块的眼睛，这需要对各种物象的色彩进行反复的写生训练，通过写生色彩训练快速分辨物象的固有色、环境色、光源色以及各种色调的特点和关系，从而培养设计色彩中善于概括、提炼、夸张、组合客观物象的色彩能力。具有敏锐的观察能力才能避免一味模仿自然，才能在设计色彩中把自然转化为具有趣味性、和谐性和统一性的装饰艺术色彩。

② 丰富视觉表现经验的积累。塞尚认为："人们不需要再现自然，而是代表着自然。"毕加索也说："艺术始终是艺术，而不是自然。"马蒂斯更是宣称："我不能奴隶地去照抄自然，我必须解释自然，使它服从绘画的精神。"设计色彩的表现更是像他们所说，是来源于生活却高于生活。一件成功的设计作品需要积累大量的视觉经验，才能从自然物象中汲取灵感，捕捉具体化和特殊化的因素，再加入个人经验、修养、想像力和审美趣味，对物象进行取舍、归纳、概括、推敲、调整、完善换面结构。如果脱离写生而直接设计，闭门造车出门合辙的方式是无法完成优秀的设计作品的，写生的过程是观察、记忆的过程，因此，在完成设计色彩前必须有扎实的写生色彩功底，这样才能具备丰富视觉表现经验。

如图3-43所示为众所周知的北京奥运会吉祥物"福娃"，这是五个拟人化娃娃，他们的原型和头饰蕴含着与海洋、森林、火、大地和天空的联系，应用了中国传统艺术的表现方式，展现了灿烂的中华文化。"福娃贝贝"象征海洋，造型中出现水波和鱼的形状以及代表水的蓝色；"晶晶"代表森林，则使用熊猫和树叶的造型以及代表植物的绿色；"欢欢"代表火，因此出现火的纹样及红色的造型；"迎迎"代表人地，它的造型是一只藏羚羊，而色彩则选用代表大地的土黄色；"妮妮"代表天空，在造型中出现沙燕风筝和象征自由的绿色。这五个造型及色彩的运用都是在对客观物象有着深入了解的基础上完成的，这些造型和色彩的归纳、提炼无不体现了写生色彩的重要基础。

图3-43 福娃

③ 灵活配色技巧的提升。设计色彩是绘画写生色彩与设计用色之间结合的桥梁，经过绘画写生色彩训练，具备正确观察和认识色彩的前提下，设计色彩的训练是从事艺术设计色

彩的必经之路。写生色彩是客观写生的再现自然物象的色彩，设计色彩则是将客观色彩加入主观因素进行分解重构，设计色彩的创作过程也是训练配色技巧的过程，它能在写生色彩的基础上解决色彩的主观搭配问题，如同类色的配色、类似色的配色、对比色的配色、补色的配色以及感情色彩的配色，如冷与暖、动与静、前进与后退等，还能根据设计需要调配亮色调、暗色调、清色调、浊色调，使画面更具有生命力（如图3-44）。

图3-44　色彩的搭配

图3-45　装饰画

④ 熟练色彩造型能力的巩固。设计色彩使写生色彩中的色彩造型能力得到巩固和提升。写生色彩造型是依附客观物象轮廓表现的，通过写生色彩训练能培养快速形象造型的能力和客观色彩的表现能力，而设计色彩则使物象轮廓中的色彩造型能力得到提升。色彩造型能力是指依靠颜色的设计来改变作品的面貌，也就是如何运用色彩的冷与暖、动与静、联想与象征以及色彩对人的直觉或心理的调节作用等，使设计对象符合设计的目的，达到色彩造型与形象造型的和谐统一。

如图3-45，在特定的造型中，装饰设计色彩以固有色为基础，研究色彩的平面性与装饰性。装饰色彩一般排除自然界中光源色与环境色的影响，把自然界中的色彩关系综合、概括、抽象出来，利用色彩的浓淡、冷暖、明暗、互补等对比手法进行色彩的艺术创造。装饰色彩可以不再是物体本身的自然颜色，而是人们根据审美需要，对色彩进行多种艺术处理和加工，装饰色彩是人们对自然色彩的再创造，是人们主观赋予物体的一种抽象色彩，是人们对色彩欣赏的一种需要表现。

思考练习题

1. 静物写生作品与设计色彩作品的转换

制作要求：在室内摆设一组器皿和水果组合的静物，然后根据对固有色、光源色、环境色的分析，完成一张静物色彩作业；根据这组静物完成对应的设计色彩作品一张。

纸张大小：4开

作画时间：8课时

2. 风景写生作品与设计色彩作品的转换

制作要求：根据室外一处场景（建筑、树林、水涧等），分析画面所表现场景的固有色以及受环境、光照时间影响下主色调的冷暖对比关系，完成一张风景色彩写生作业。根据这组风景完成对应的设计色彩作品一张。

纸张大小：4开

作画时间：8课时

3. 色彩归纳训练

制作要求：对一组实物、一张色彩作品或一张摄影作品进行色彩分类，将分析后的色彩以抽象的轮廓在画面中进行平涂填充，呈现视觉上的二维效果。

纸张大小：8开

作画时间：4课时

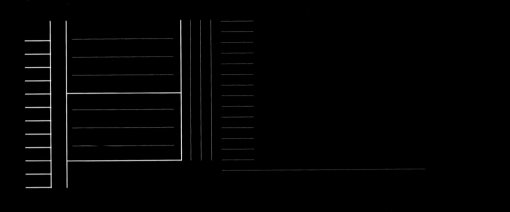

第四章 色调与设计色彩

　　教学目的：通过本章的系统学习，了解色调的概念、分类及其象征，掌握设计色调的观察与表现的一般方法。

　　本章重点：色调的概念及分类理论；色调的象征；色调的观察表现及课题训练；熟练掌握色调的组合构成概念，并运用其规律与原理来指导设计色彩的实践。

第一节 色调的概念及分类

一、色调

　　在生活中，我们经常会发现身边的建筑物、树木、群山等物体在不同的时间、季节会出现一些特别的现象。例如，清晨，不同颜色的物体被笼罩在一片淡淡的冷蓝色的光线之中；中午，不同颜色的物体被明亮温暖的黄色的阳光所照耀；傍晚，不同颜色的物体又被华丽的金色的阳光所覆盖；夜晚，不同颜色的物体又被笼罩在一片轻纱薄雾似的、银色的月色之中。又如，春天，各种物体呈现出明亮的、粉质的色彩感受；夏天，各种物体被强烈的、灿烂的阳光所照射；秋天，各种物体又被迷人的金黄色所笼罩；冬天，各种物体被覆盖在一片银白色的世界之中。实际上，在一定明度与色相的光源色的影响下，不同颜色的各种物体上，笼罩着某一种色彩，使不同颜色的物体都带有同一种色彩倾向，从而呈现出统一感的色彩现象就是色调。另外，在绘画或设计的过程中，有时我们也会注意到一幅绘画作品或画面虽然用了多种颜色，但总体有一种倾向，是偏蓝或偏红，是偏暖或偏冷等。这种颜色上的倾向就是一幅绘画或设计的总体色调。

　　总的来说，色调在色彩学中是指在由多个色彩搭配组成的画面中，通过各种色彩的相互组合、搭配，在统一与变化中取得和谐，使整个色彩组合呈现出一种明确的倾向性，从而给人以鲜明、醒目的深刻印象。色彩的色相、明度、纯度、冷暖和面积大小等诸多因素均可构成画面色彩的总倾向，它是画面色彩的主要特征或设计方案的总体色彩效果。色调也可称为色彩的"基调"、色彩的"主调"、色彩的"调子"或色彩"大关系"，它不是指单一色彩的性质，而是对一幅作品、画面或设计的全部色彩所造成的总的色彩效果的概括评价，是总体的色彩的倾向，是多样与统一的具体体现，是大的色彩效果。色调是一个色彩组合的总体特征，是一个色彩组合与其他色彩组合相区别的体现。在明度、纯度、色相、冷暖和面积大小等诸多要素中，只要某种因素在画面中起主导作用，体现出一定的色彩倾向性，我们就称之为某种色调，如红色调、黄色调、明色调、暗色调、暖色调、冷色调、鲜艳的强色调、含灰的弱色调等。从画面色彩的构成角度来说，主色调是起统领和支配作用的，其他所有非主调色彩均受其统调。形成色调的过程就是对丰富变化的色彩进行有秩序的、有规律的整合、配置的过程。围绕主色调配置与调整色彩，可以避免色彩的零乱、纷杂、不和谐的弊病的产生。因此对于设计艺术与绘画创作而言，主色调的形成是一个十分重要的环节，决定着组织色彩的总体意图。

　　色调是一种独特的色彩美感形式，是一幅画的主旋律，也可以说是衡量设计艺术与绘画艺术优劣的重要标准之一，在一幅作品中非常重要。一幅优秀的色彩作品必然是有其独

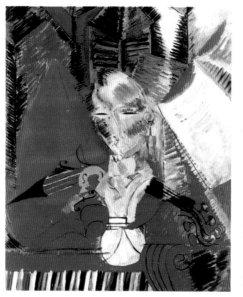

图4-1　向莫扎特致敬/拉乌尔·杜菲

特的色调倾向的，那种杂乱无章、各自为政、无调性的色彩作品是不会引起人们的美感的。犹如音乐的音调一样，色调是整幅画面的主旋律，它对于表现绘画主题思想、情调意境，具有无法替代的表现力和感染力。如果作品没有一个统一的色调，就因为缺少主旋律而会显得杂乱无章，给人以"花"或"乱"的感觉；而过于"统一"的画面色彩又会让人感觉色彩单一，显得乏味单调，缺乏生气。因此，画面中相配合的各色之间应做到你中有我，我中有你，使之统一在一个色彩基调或气氛中，不仅产生整体感，还具有复杂的节奏感和韵律感，才能给人留下深刻印象（如图4-1）。

　　色调的和谐除色相、明度、纯度、色性等因素起重要作用外，还要较多的考虑色块的构图、形状与位置，色彩与视错觉的关系，色彩与生理，心理平衡等因素。如果缺乏上述的基本理论和修养，就难以把握色调构成的方法与色彩和谐的真谛。

二、色调的分类

　　色调是一组配色或一个画面总的色彩倾向，它要受到明度、纯度、色相、冷暖和面积等

诸多因素的影响。色调的类别有很多，总体上来说，我们可以把色调按以下常用的几种方法进行分类。

① 从色相上分类：可分为红色调、黄色调、蓝色调、绿色调、紫色调等。

② 从明度上分类：可分为高明度色调、中明度色调、低明度色调。同时，按照配置色彩的明度色阶的变化不同，又可将高明度色调划分为长、中、短调（即高长调、高中调、高短调），中明度色调划分为长、中、短调（即中长调、中间中调、中短调），低明度色调划分为长、中、短调（即低长调、低中调、低短调）。

③ 从纯度上分类：可分为高纯度色调（鲜色调）、中纯度色调、低纯度色调（灰色调）。同时，按照配置色彩的纯度色阶的变化不同，又可将高纯度色调划分为长、中、短调（即鲜强调、鲜中调、鲜弱调），中纯度色调划分为长、中、短调（即中强调、中间中调、中弱调），低纯度色调划分为长、中、短调（即灰强调、灰中调、灰弱调）。

④ 从色彩的冷暖感觉上分类：可分为暖色调、冷色调、中性色调。

⑤ 从色彩构成的对比程度上分类：可分为同类色调、类似色调、对比色调、互补色调、分离互补色调、三色对比色调、无彩色调等。

⑥ 从色彩的效果上分类：可分为强烈、柔和、明快、平淡、华丽、朴实等色调。

⑦ 从色彩的象征上分类：可分为甜美、苦涩、欢快、悲伤、沉静、活泼等色调。

三、色调的意蕴与象征意义

色调是自然界的客观存在，但它同时也是人的主观情感对自然色彩的概括和提炼。它的意蕴与象征，是从整体的、大的色调关系角度，将人们对色彩的心理感受进行综合分析，而不拘泥于对个别局部色彩的感受。色调本身并不包含情感的成分，但由于国家、民族、地域、历史、文化、传统等因素，人们对于色调的感知过程、色调的情感与象征意义等方面也存在着个体差异，所以表现在作品上也出现对色彩色调把握的差异性，同时也正是这种差异性才使作品显示出独特的艺术魅力。因此，在进行色彩设计的过程中，对于色彩色调的表现，我们应着重于捕捉对色调意境的内心感受和体验，利用色调的情境联想作用来充实艺术作品的精神内涵，使其由于独特的色调美而更具有象征性，从而达到色彩设计特定的目的。下面按照色调的不同分类进行介绍。

1. 从色相的角度

色相是指色彩的相貌，每一种色彩都有自己的个性倾向，可以说色彩所含有的全部的意义大多通过色相来展现，所孕育的所有情感、力量也大多都在此得以表达。我们按照色相，可以区分出许许多多的色调，如：红色调、绿色调、蓝色调、橙色调等。以色相为主要要素所产生的色调的确立，实际上也是性格、情绪、心理感觉的确立。

（1）以红色为主的色调 红色是一个会让人产生强烈而复杂的心理作用的色彩，也是最能引起人的情绪波动的颜色。以红色为主的色调是最能激发人兴奋、激动情绪的色调。红色的亮调使人感到温柔、愉快，有着幸福、含羞、梦幻、甜蜜的感觉；而红色的暗调则给人以稳重、庄严、壮丽的心理感受。

（2）以黄色为主的色调 黄色是最为明亮的色彩，在有彩色的纯色中明度最高，以黄色为主的色调给人以明朗、活泼、轻快、透明、充满希望的色彩印象，黄色的亮调显得单纯、明快而富有朝气，黄色的暗调则给人以庄严、兴奋、高贵之感。（如图4-2）。

图4-2 向日葵/梵高

（3）以蓝色为主的色调　蓝色是色彩中最冷的色，是一种极其冷静的色彩。以蓝色为主的色调给人以清新、透彻、开阔冷静、智慧、深远和充满希望的色彩感觉。蓝色的亮调显得透明、雅致、轻快而明澈，蓝色的暗调则会让人感到理智、幽深、沉静、稳定。

（4）以绿色为主的色调　绿色的波长居中，彩度较低，属于一种中性色。以绿色为主的色调富于生命力，象征着生机勃勃与和平、安宁，对人的生理作用和心理作用都极为温和，表现力丰富而充实，给人以清爽、新鲜、安全、宁静、宽容、大度的感受（如图4-3）。绿色的亮调给人以稚嫩、爽快、清淡、舒畅的心理感觉，绿色的暗调给人以安稳、深沉、沉默、刻苦的心理感觉。

（5）以紫色为主的色调　紫色是所有色相中最暗的色彩，富有神秘感。以紫色为主的色调给人以高贵、神秘、梦幻、庄重、奢华的感觉（如图4-4）。紫色的亮调性情温和、柔美，活泼、娇艳，给人以清雅、柔情、甜美、含蓄的心理感觉，紫色的暗调则给人以优雅、高贵、魅力的色彩感受。

图4-3 原野之钥/马格利特

图4-4 睡莲/戴维·杜威

2. 从明度的角度

明度是指色彩的明暗程度。色彩明暗问题是色调研究的首要任务，因为色彩的明暗度决定和支撑着色调空间层次的转换和色调空间层次感的体现。明度在色彩设计中占有极为重要的作用，它不但对整个画面的色调是否明快、形象是否清晰起着关键性的作用，同时还会对于画面的情感的表达产生一定的影响，因此在设计和绘画中对于明暗规律的研究也是具有普遍意义的。在设计色彩的过程中，理解、掌握明度的黑、白、灰关系是极为重要的，黑、白、灰之间量的不同决定着画面色调的不同，同时也意味着画面的层次感、空间感及光感的变化的不同。用高度概括和归纳的手段来组织丰富的色彩变化，使色调更具有序性和规律性，是设计色彩表现的重要方法之一。无论是色彩的明暗因素，还是黑白对比与调和，在应用过程中我们都应分别加以认真的分析与研究，这将有助于我们探讨和利用丰富的色调，对于今后的专业学习与研究具有举足轻重的作用。

无彩色系列可概括为黑、白、灰三个大的层次。在色立体中，黑与白是位于明度轴上、下两端的极色，中间各层次为连续的灰色色阶系列。但是需要注意的是，理论上所讲的绝对的白和黑在自然界的色彩中并不存在。因为在丰富多彩的色彩世界中，我们很难界定哪个色彩是绝对的黑，哪个色彩是绝对的白，黑与白是相对的，都是在人的视觉的联系比较中才得以存在。人的视觉的最大明度层次辨别能力可达200个明度色阶左右。如果根据黑色为1度、白色为9度的黑、白、灰系列的9个明度色阶为标准，我们可以将明度色调划分为以下三个各具视觉效果和艺术意境的类型（如图4-5）。

N0	1	2	3	4	5	6	7	8	9	N10
黑					灰					白

低明度　　　中明度　　　高明度

图4-5　明度9个色阶示意图

（1）高明度色调　即明调、高色调、亮色调，是指构成画面的主要色彩的明度在靠近白色的3级（即7、8、9级），高明度色彩约占画面70%左右的面积，在整个画面中占有绝对的色彩优势。高明度色调的画面效果比较明快，具有光感，给人以高雅、明朗、纯洁、纯净、柔美、轻柔的心理感受，适于创造清新宁静、亮丽高洁的画面环境（如图4-6）。由于高明度色调还具有光感强、现代感强的特点，因此在现在的工业设计、视觉传达设计、环境设计、服装设计等色彩设计方面运用都较为广泛。

高明度长调：画面构成的色彩明度差别大，明度差别在6个阶段以上，以大面积的高明度色彩为主，小面积低明度的色彩为辅。由于明度反差大、对比强烈，所以画面色彩光感和空间层次感较强。高明度长调的画面具有明朗、确定、清晰、响亮、快活、活泼、跳跃的效果，是表现青春活力，阳光明媚的常用色调。但画面色彩组合不当，则会使人产生"花"、"乱"的感觉。

图4-6　井边的女子/保罗·西涅克

高明度中调：画面构成的色彩明度差别适中，明度差别在4～6个阶段，同样以大面积高明度色彩为主，小面积中明度色彩为辅。高明度中调的画面由于色彩明度对比适中，所以这种色调既具有一定的空间层次感，而且画面稳定、舒适、明快，是表现清爽、温馨、和谐的常用色调。

高明度短调：画面构成的色彩明度差别小，明度差别在3个阶段以内。高明度短调的画面由于色彩明度对比弱，因此它是以调和为主的色调。该色调画面的空间感弱、层次模糊，具有柔和、轻巧、抒情的特性、是表现轻柔、整洁、曲线形、女性味的常用色调，在室内设计及工业设计中应用较多。但是该色调如果处理不好，则会产生"粉气"，没有视觉立体感、空间感的缺点。

（2）中明度色调　即中色调，是指构成画面的主要色彩的明度在中间的3级（即5、6、7级），中明度色彩约占画面70%左右的面积，在整个画面中占有主导地位。中明度色调优雅、含蓄、朴素、庄重、明确、肯定，从人的视觉角度来说是最为适应的色调，广泛应用于视觉传达设计和环境艺术设计中。同时，由于这种色调柔美和谐，具有微妙的色彩层次，色彩意境深远、隽永、耐人寻味，因此在许多绘画艺术作品中也创出现这类色调的身影（如图4-7）。

图4-7　窗外的巴黎/马克尔·夏加尔

中明度长调：画面构成的色彩色阶跨度较大，明度差别在5个阶段左右，以大面积中明度色彩为主，小面积高明度或低明度色彩为辅，构成中调强对比效果的明度对比组合。由于明度差别大，所以画面层次感、注目性较强，造型有力，具有浑厚、明朗、辉煌、雄伟的特性，是表现主动、直率、坦荡、男性性格特征的常用色调。

中明度中调：也称为中间中调，画面构成的色彩色阶跨度适中，明度差别在3～4个阶段左右，明度对比属中性，具有一定的空间层次感。色调具有稳重、朴素、谦和、协调的特性，是表现均衡、和谐、温顺、庄重的常用色调。

中明度短调：画面构成的色彩色阶跨度小，明度差别在1～3个阶段之间，以大面积中明度色彩为主导色，小面积相邻色阶色彩作为点缀。由于明度对比弱，所以画面形象含蓄，层次模糊。色调具有暧昧、优柔、朦胧的特性，是表现梦幻、抒情、温柔、柔媚的常用色调。

（3）低明度色调　即低色调、暗色调，是指构成画面的主要色彩的明度在靠近黑色的3级（即1、2、3级），低明度色彩约占画面70%左右的面积，在整个画面中占有主要面积。

低明度色调给人以典雅、古朴、沉着、厚重、强硬、刚毅、神秘、稳重的感觉，虽然它的色彩感并不是很强，但这种色调却具有极强的力量感，因此常被认为是男性的色调，在一些需要特殊视觉效果和心理效果的色彩设计中都有所应用（如图4-8）。

图4-8　深渊/列维坦

低明度长调：画面构成的色彩色阶跨度大，明度差别在6个色阶差以上，以大面积的低明度色彩为主导色，小面积高明度的色彩为辅。由于明度对比强，因此画面空间层次反差大，刺激性强，画面蕴藏着一种内在的感召力和爆发力。色调具有力度、苍老、痛苦的感觉，是表现力量、老练、悲愤的常用色调。

低明度中调：画面构成的色彩色阶跨度适中，明度差别在4～6个阶段左右，同样以大面积的低明度色彩为主，小面积中明度的色彩为辅。明度对比适中，因此该色调具有一定的空间感与稳重、苦涩之感，是表现厚重、苦闷的常用色调。

低明度短调：画面构成的色彩色阶跨度较小，明度差别在1～3个色阶差之内，以大面积的低明度色彩为主导色，小面积相邻色阶色彩作为点缀，呈现出略微的色阶变化。画面明度对比弱，明暗空间关系模糊。该色调具有忧郁、梦幻、悲哀、力量的感觉，是表现深沉、沉闷、阴暗、压抑的常用色调。

3. 从纯度的角度

纯度是指色彩的纯净程度，它对于画面的整体调子的影响也是非常明显的，画面效果鲜艳还是浑浊，生动还是模糊，很大程度上也取决于纯度这一要素。我们知道在色相环上纯度最高的是红色，最低的是含有红、黄、蓝三原色相混的复色。任何一种纯度的色彩与同明度的灰色相混合，可得出该色的纯度序列，而任何一种纯度的色彩与不同明度的灰色相混合，则可得到该色相不同明度的纯度序列，即以纯度为主的序列。如果根据低纯度色为1度、高纯度色为9度建立一个含9个阶段的纯度色阶，我们可以将纯度色调划分为以下三个类型（如图4-9）。

N0	1	2	3	4	5	6	7	8	9	N10
灰	灰色调			中色调			鲜色调			鲜

图4-9　不同纯度色调示意图

（1）高纯度色调　即鲜色调、纯色调，是指构成画面的主要色彩的纯度在靠近高纯度色的3级（即7、8、9级），高纯度色彩约占画面70%左右的面积，在整个画面中占有主要面积。高纯度色调的画面效果具有强烈、鲜明、色相感强的特点，给人以积极、冲动、快乐、活泼的感觉（如图4-10），但如果运用不当，也会产生嘈杂、杂乱、低俗、生硬、眩目等弊病。

图4-10　慕尼黑的房子/康定斯基　　　　图4-11　皇室成员/菲利普·阿地亚斯

高纯度长调：画面构成的色彩纯度反差大，纯度阶段差在8个以上，画面以高纯度色彩为主，小面积低纯度色彩为辅，对比效果强烈。这种色调给人的感觉鲜明、强烈、积极、跳跃，是表现扩展与收缩、前进与后退等色彩空间层次关系的一种常用色调。

高纯度中调：画面构成的色彩纯度差别适中，纯度差别为5～8个阶段，高纯度色彩占画面绝对优势，小面积为中纯度色彩进行调配，对比效果适中。该色调效果鲜明、爽快、明朗，有一定的空间层次感。

高纯度短调：画面构成的色彩纯度差别较小，纯度差为3个阶段以内。这种色调画面均为高纯度色彩，纯度关系比较接近，因此空间层次感不强，形象模糊。色调效果鲜活、浓郁、华丽。但若画面色彩搭配不好，则会让人产生花哨、艳俗、无力的感觉。

（2）中纯度色调　即中色调，是指构成画面的主要色彩的纯度在中间的3级（即5、6、7级）。中纯度色调柔和、中庸、文雅、含蓄、沉静、可靠。由此所组合成的各种色调容易取得柔和悦目的视觉效果（如图4-11），比较耐人寻味，因此这种色调在环境设计、服装设计等领域应用较多。

中纯度长调：画面构成的色彩纯度反差较大，纯度差别为5～7个阶段。这种色调对比较强，效果比较明确、显著，层次感较强，可视度高。

中纯度中调：画面构成的色彩纯度差别适中，纯度差为3～5个色阶之间。画面中的色彩有一定的反差度，色调在统一中有变化，给人以典雅、自然、温和的心理启迪。

中纯度短调：画面构成的色彩纯度差别较小，其纯度差别为1～3个阶段。这种色调对比弱，反差小、色调柔和统一，但搭配不当，会产生平淡感而缺乏生气。

（3）低纯度色调　即灰色调、浊色调，是指构成画面的主要色彩的纯度在靠近低纯度色的3级（即1、2、3级）。低纯度色调由于色相感太弱，容易使人产生平淡、消极、无力、陈旧等感觉，因此在设计色彩应用过程中应引起注意。但这种色调如果处理的好又会显得自然、简朴、随和、安静（如图4-12）。

低纯度长调：画面构成的色彩纯度反差大，对比强烈，色彩纯度差别在8个阶段以上。

图4-12　奔放的舞蹈/修拉　　　　　图4-13　佩特沃斯的室内/透纳

这种色调空间层次感强、距离感强，并有厚重感，是象征衰退或苍老、痛苦或悲哀的常用色调。

　　低纯度中调：画面构成的色彩纯度对比较强，反差较大，色阶差别为5～8个，有一定的空间距离感。色调在对比中有统一感，是表现苦涩与压抑的常用色调。

　　低纯度短调：画面构成的色彩纯度对比弱，反差小，色彩纯度差别为1～3个阶段，空间层次关系不明显，可视度低，形象暧昧。虽然色调统一因素多，但如运用不当，会因缺乏对比而显灰闷、平淡、无力、消极。

4. 从色彩冷暖的角度

　　色彩虽然是视觉的，但它却能给人以温度感，画面上不同的色彩会产生不同的温度感，也由此产生了不同的画面色调。一般情况下，我们按照画面配色的冷暖感受的不同，将画面效果分为暖色调、冷色调和中性色调三种类型。

　　（1）暖色调　　画面以红、橙、黄等暖色为主要倾向，就构成了暖色调的画面（如图4-13）。暖色调给人的感觉热烈、热情、刺激、喜庆、有力量，这种色调会使人兴奋，但它也容易使人感觉疲劳，烦躁不安。值得一提的是，无彩色中的黑色是暖色，所以在由低明度的无彩色所构成的画面中，就表现出温暖的感觉。

　　（2）冷色调　　画面以蓝、蓝绿、蓝紫等冷色为主要倾向，就构成了冷色调的画面（如图4-14）。冷色调给人的感觉寒冷、清爽，具有空气感和空间感，会使人镇静、安定。无彩色中的白色是冷色，所以在由高明度的无彩色所构成的画面中，就表现出凉爽的感觉。

　　（3）中性色调　　画面以绿、紫等中性色为主要倾向，就构成了中性色调的画面（如图4-15）。中性色调给人的感觉稳定、舒适，所以也受到了人们的喜爱。无彩色中的灰色是中性色，所以在由中明度的灰色所构成的画面就形成了中性色调。

　　同样暖色调与冷色调也分为长、中、短调。长调是指最冷色与最暖色之间的最强的对比关系，或最冷色与暖色、最暖色与冷色的强对比关系；中调是指最冷色、冷色与中性微暖色的中等对比关系，或最暖色、暖色与中性微冷色的中等对比关系。短调是指最冷色与冷色、冷色与中性微冷色，或最暖色与暖色、暖色与中性微暖色，或中性微冷色与中性微暖色等诸多关系之间的弱对比。

图4-14　春讯/列维坦　　　　　　　　图4-15　睡莲/莫奈

　　无论是绘画色彩，还是设计色彩与装饰色彩的用色，都离不开色调的冷暖关系。冷暖色调运用得好，能充分表现画面的空间感、空气感、色彩搭配的真实感，能充分体现人们赋予色彩的情感趋向，能产生无比美妙的色调效果。

5. 从色彩构成对比的角度

　　（1）同类色调　　同类色调是指由在色相环上距离15°以内的色彩配色所组成的色调（如图4-16）。它是同一色相稍带不同明度、纯度或冷暖倾向的色彩，如紫味红、紫红、红、橙红、橙味红等配色完成的，主调十分明确，是极为协调、单纯的色调，具有古典式的和谐美（如图4-17）。由于色彩之间具有共性，所以画面表现出视觉感弱，形象模糊，色调和谐的特点。如果运用得当的话，会给人以朴素、安静、含蓄、融洽的色彩情趣，但如果过分调

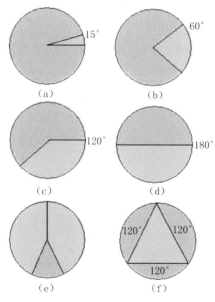

图4-16　从色彩对比构成的角度色彩的色调分类示意

图4-17　订婚二号/高尔基

和，也常给人以柔弱的感受。因此在运用这种色调进行色彩设计时，应适当的强调明度或纯度的对比关系，增强色彩之间的对比效果。

（2）类似色调　类似色调是指由在色相环上距离15°～60°以内的色彩配色所组成的色调（如图4-16），如黄、黄绿、绿、蓝绿组成的色调（如图4-18）。由于配色的色彩在色相环上处于相邻的位置，各色相都含有共同的色素，所以它既保持了同类色调的单纯、统一、柔和、主色调明确的特点，同时也具有可视性强，色调鲜明，情感个性突出，含蓄耐看的优点，形成了既统一又富有变化的色彩效果。但运用类似色调配色如果不在明度或纯度上进行变化，也容易使画面含糊而单调。在实际的色彩设计运用中，这是一种最常用、最容易呈现和谐、调和的配色方法，在服装设计和室内设计中常常采用这种配色手法。

图4-18　花园里/爱德华·维亚尔

图4-19　冬天的早晨/詹姆斯·罗布森

（3）对比色调　对比色调是指由在色相环上距离120°左右的色彩配色所组成的色调［如图4-16（c）］，如红色与蓝色、蓝色与黄色、紫色与绿色等（如图4-19）。由于对比的色彩之间差别较大，所以呈现出较为强烈的视觉效果。这种对比具有易见度高、色相感鲜明、跳跃感强、刺激性大等优点，其画面效果常给人以生机勃勃、毅然坚定、原始质朴、活泼旺盛的情感感受，具有很强的现代感，在视觉传达艺术中应用较多。但对比色之间具有排斥性，运用不当的话会显得过于热闹、杂乱。配色时，可以通过处理主色与次色的关系而达到色组的调和，也可以通过色相间秩序排列的方式，求得统一和谐的色彩效果。

（4）互补色调　互补色调是指由在色相环上距离180°左右的色彩配色所组成的色调［如图4-16（d）］，它是最强烈的一种对比色调（如图4-20、图4-21）。王安石在诗中写道"万绿丛中一点红，动人春色不需多"，其中的红与绿就互为补色关系，使红色更红、绿色更绿。除了红色与绿色之外，橙色与蓝色、黄色与紫色等也是互补色的关系。互补色调的配色可以使色彩的对比效果达到最大的鲜明程度，而且极大的提高了色彩的相互作用。如果运用得当的话，它能够展现出既活泼又安定的和谐色彩效果，能很快引起人们的兴趣和注意力，但如果运用欠妥，也会陷入粗俗、生硬、呆板、刺激、浮夸、急躁、缺少人情味的弊病之中。因此在运用中要通过处理主色相与次色相的面积大小，或分散形态的方法来调节、缓和过于激烈的效果。

图4-20　时髦女低音/康定斯基

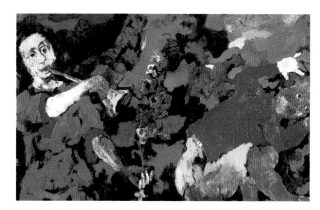

图4-21 音乐的力量/珂科希卡

（5）分离互补色调 采用互补色中其中一色的相邻两色，与原有的这个互补色进行配色，组成三个颜色的对比色调，我们称之为分离互补色调［如图4-16（e）］，如红色与黄绿色、蓝绿色的组合，橙色与蓝绿色、蓝紫色的组合等（如图4-22）。这个色调的色彩对比效果比较强烈，相邻的两色都会增强与之相对比的色彩的表现力，如黄绿色、蓝绿色会加强红色的表现力；蓝绿色、蓝紫色会加强橙色的表现力等。该色调虽然可以获得对比强烈、明朗的色彩表情，但是在采用这种色调时也应注意，当相邻两色的纯度很高，明度也无变化，对比过强时，可将一方的纯度稍稍降低一些，或把二者的明度差提高一些，这样就可以获得理想的效果。

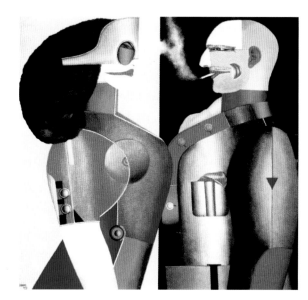

图4-22 情侣/林德纳

（6）三色对比色调 三色对比色调是指由在色环上形成等边三角形的三种颜色组合成的色调［如图4-16（f）］，如常用的红、黄、蓝三原色（如图4-23、图4-24）。这种色调色相冲击感强，给人的感觉强烈而刺激，适用于视觉传达艺术、环境空间、服装等的设计。

（7）无彩色调 无彩色调是由无彩色的黑、白、灰色组成的色调。通常在设计中，高明度的粉白色、米白色、灰白色以及每种高明度的色相，都可以认为是无彩色。这种色调对人

图4-23　有教堂的穆瑙/康定斯基　　　图4-24　7月15日的圣·特罗佩港/亨利·夏尔·芒更

的吸引力相当强，会给人沉稳、安定的感受，而且这种色调对于周围环境的有彩色的表达有着极强的衬托作用，如传统的徽派民居就属于无彩色调，周围的青山、绿水、植物都因此建筑群色调而显得更加鲜艳。但如果这种色调在应用过程中处理不当的话，也会产生单调、乏味、沉闷的心理感受。

6. 从色彩的效果和象征的角度

我们知道，色彩感觉属于视觉，我们在观看色彩时，由于受到色彩的视觉刺激，在思维方面会产生对生活经验和环境事物的联想，进而产生一系列的心理变化，引起情感的反应，这也就是我们所说的色彩的心理感受。在应用色彩进行设计的过程中，由于画面色彩所表达的不同色彩倾向，在我们观看者的头脑中会产生心理、情感的反应，同时也形成了画面的心理、情感基调。在实际生活中，色彩的这种心理、情感基调非常的多样化，而且每个人的感受会有区别，但总的来说，画面的这种基调还是具有一定的共性的。下面我们从色彩的效果和象征的角度，举例说明几个常用的色调。

（1）强烈或强硬色调与柔和或柔软色调　画面色调的强弱、软硬主要取决于色彩的强弱感和软硬感。一般情况下，强烈或强硬色调往往是由色相明确、色调纯艳、对比强烈的色彩配色而成，造型方直坚实，轮廓清晰实在，多为对比色或互补色加黑白无彩色的配色组成，表达出生命力和运动感（如图4-25）；而柔和或柔软色调则由高明度、低彩度、对比较弱的色彩配色形成，画面基调柔软、绵和，视觉效果较为舒适（如图4-26）。

（2）甜美明快色调与苦涩忧郁色调　色调的明快与忧郁感主要受色彩的明度和彩度的影响，与色相也有关联。明快色调多采用鲜艳色彩，色彩纯度高，色相明确，造型坚实，情绪积极高昂（如图4-27）；忧郁色调多采用冷灰色彩，灰暗浑浊，色彩纯度低，色相不明确，明度反差小，造型柔弱，情绪消沉；甜美色调多选用粉红、粉紫、淡黄等高明度的色彩，色彩饱和湿润，肌理细腻光滑；苦涩色调则多选用褐、灰蓝、橄榄等色彩，线条断续干枯，色彩多方硬刻薄，肌理粗糙，适宜表现孤独、苦闷的情感（如图4-28）。

（3）积极兴奋色调与消极沉静色调　画面色调的积极兴奋与消极沉静感主要取决于色彩色相的冷暖感，其次纯度、明度也会对人的感情产生一定的影响。从色相角度来说，由

图4-25　带有烛台的静物/费尔南德莱热　　　　图4-26　圣特罗佩的红色浮标画/西涅克

图4-27　夏日/米罗　　　　　　　　　　　图4-28　黑花A之构作/勃拉克

红、橙、黄等明亮而鲜艳的色彩所构成的暖色调的画面，往往给人以积极、兴奋感（如图4-29）；而由蓝绿、蓝、蓝紫等深暗而浑浊的色彩所构成的冷色调的画面，往往给人以消极、沉静感（如图4-30）。另外，构成画面的色彩的明度、纯度越高，其兴奋感越强；反之，构成画面的色彩的明度、纯度越低，其兴奋感越弱。

　　（4）华丽色调与朴实色调　色调的华丽与朴实感与配色色彩的色相、明度、纯度都有关系。华丽色调多选用玫瑰红、柠檬黄、粉绿、钴蓝、紫罗兰、群青等色，色彩明度高、纯度高，画面色彩感强，显得绚丽多彩，灿烂欢快（如图4-31）。朴实色调多选用土色系列，如土黄、土红、土绿、赭石、褐色等色，色彩明度低、纯度纯，画面色彩厚重，具有

图4-29　古老的城市/康定斯基

图4-30　城市上空/夏加尔

图4-31　红色的餐桌/亨利·马蒂斯

图4-32　钢琴旁的静物/毕加索

沧桑和质朴感，显得粗糙干裂，浑厚凝重（如图4-32）。另外，从色彩的调性来说，大部分活泼、强烈、明亮的色调给人以华丽感，而暗色调、灰色调、土色调多具有朴素感；从色彩对比规律来看，强对比色调具有华丽感，弱对比色调具有朴素感。在进行色彩设计时，由于人们的使用目的、场合及使用需求的不同，对色调的华丽感与朴实感设计都会提出不同的要求。

由以上我们可以看出，在这些基本色调中，虽然大多数的色调是抽象的搭配，但在表现的情感和色调语言上是有普遍意义的，并且随着社会的进步以及人们文化艺术修养的普遍提高，人们对色调意蕴的认识也相应提高，并不断赋予它新的象征意义。虽然由于人的个体因素，有时会对同一色调得出相似或相反的情感意味，但是，对于受过专业训练的人，特别是从事设计艺术的专业人士来讲，应该从理性的角度把握色调的普遍象征意义，把握好色调共性与个性的关系，从而满足人们不同的情感与心理的需求。

第二节　色调的观察方法与设计的运用

色彩是造型艺术的重要语言，除了本身所具有的客观属性之外，还具有社会属性及人的主观意识性。因此在设计过程中对色彩的要求不能够仅仅停留于感性直觉，要透过其外部本色特征、色彩冷暖与黑白等表面因素，深入研究，发掘并在具体描绘中把握物象的形式美的价值。只要有色彩现象的存在，就有色调的存在。对色彩的色调的观察与表现，就要求我们在感性的基础上，经过认真观察、分析、理解了物象的色彩表象和相互联系之后，以理性思维为主，用已学的色彩基础知识，结合适当的色调表现方法，进一步加深对色调的认识与理解，充分地把握色调的组合构成规律。

一、明确主观与客观的关系

色调是整个画面的一种色彩倾向性，作为作品的整体"外貌"，色调的确立是设计好一幅作品的重要前提。色调的形成要受到诸多要素的影响，但总结起来可以归结为以下两个方面。

1. 从客观自然角度来讲

光源、气候、时节和空间环境和色彩本身的色相、明度、纯度以及色彩面积大小之间的组合关系会影响到物象的色调。人们能感知到这些不同的色调，主要是因为光源色、环境色的不同变换，影响了色调的形成，这也是光源色、环境色的色彩倾向与物象固有色相互作用的结果（如图4-33）。面积与比例是色调构成的主要因素之一，虽然色彩的对比与调和，色彩的要素及冷暖变化关系会影响到物象的色调，但是决定色调形成的关键还是面积。面积是决定和体现色彩总体意图的重要保证，画面的主要色块面积越大色调倾向感，也就是色调感就越强。

图4-33　日出·印象/莫奈

2. 从主观因素来讲

人的分析思考、归纳、提炼以及喜怒哀乐等个体差异影响了人们对色调的感知。虽然人的心理因素具有普遍的社会性，但由于地域、民族、文化、宗教、风俗习惯的不同以及年龄、性格、职业、文化和生活经历的不同，对色调的鉴赏与评价也存在很大的个性差别。

在观察色调的过程中，主观因素和客观因素共同作用形成一个人对于物象色调的独特认识：客观因素是从众多的外在条件的角度，如空间环境、观察条件、观测媒质等来把握物象的色调；主观因素是从个人独特的视觉角度来把握物象的色调。也就是说，在色调的认识上，主观和客观都发挥着重要的作用。因为空间环境、观测条件和观测媒介的不同，人们在观察色调的时候会得到不同的结论；即使在相同的空间环境、观测条件和观测媒介下，每个人在各自不同的主观因素的影响下，在观察色调时会得到迥然不同的结果。从某种意义上说，人们对于色调的观察一般不会有绝对的、唯一的、正确的结果，它要通过人们的视觉感知和主观思维分析，将客观自然存在的色调经过加工提炼后转变为带有主观感情色彩的色调。正如画家们面对同一景象进行色彩写生时，会出现有的画面感觉偏冷调，而有的画面冷调中偏暖；有的偏蓝绿味，而有的则带蓝紫味。因此，我们说人的主观把握是组成色调的关键，在观察物象色调时，要有意识地培养自己的观察能力，要主动的从自我意识出发感受对象，全面分析其色调形成规律并进行提炼、概括，形成整体的色调感受，以做到心中有数，以利于在整个色彩训练过程中，始终在主色调的统领下进行创作。

二、树立整体的观念

当一组错综复杂的物象摆在观察者面前时，在光线与环境的作用下，便呈现出了物体的大小、主次、色彩的冷暖明暗，前后空间虚实等，实际已经形成一种互相贯通、互相依存、互相连接、互相对立的整体制约关系。当我们面对物象写生时，无论是对静物、人物还是对风景，都有一个面对庞杂的物象如何观察色彩的问题。如果没有掌握正确的观察方法，那么就很难从纷杂的色彩中找到色调的变化，那也就很难正确地处理色调关系。因此这就存在如何迅速敏锐地抓住对象色彩总的倾向，确定基调，也就是通常所称的色彩"大关系"的问题。

我们说，在色调观察的过程中，观察者要树立全局观念，树立整体的观念。整体观察的观念来源于哲学上全面的、互相联系的正确认识事物的辩证唯物主义认识论。所谓整体观察并不是不顾局部色彩，而是要求把物象的所有局部色彩按比例关系统一在色调中，求得各色块间关系的正确与协调。只有通过整体的观察方法，才能进行全面的比较，从而取得正确的认识。我们不能孤立、片面地观察色彩，要从色调形成的要素出发，抓住主要矛盾，全面分析物象色调形成的主要因素，并注意形成色调的色彩构成，如面对乡村、古镇写生，除感受人文环境氛围外，还应着重将注意力放在物象色彩之间的色调组合构成上。因为各种色调都是相互包容的，不可能孤立地存在，所以在观察时应用高度概括的手法，将繁杂的色彩归纳为不同空间层次的大色块，再分析色块与色块之间的内在联系，明确以明度变化还是冷暖变化来统领整个色调，再联系其他因素来考虑色块间的相互配置关系。总而言之，不管从哪个角度分析色调，都要把握好色调整体关系，在色调训练中养成整体观察、整体作画的良好习惯，坚持使局部从属于整体，并将这一方法贯穿于创作、设计的始终，这样对于画面的主体的表现、画面统一感的塑造有着积极的作用。

三、运用联系与比较的方法

我们在生活中所见到的季节气候的转换，光与时空变化以及繁多的物象，是自然界为我们提供的丰富多彩的、千变万化的色调关系，也是为我们提供的各种各样的色调训练的有利条件。但是大多数未经过色调训练的人在看待这些物象时，往往是孤立地去看，也就是带着概念在"看"，看到的仅是物象的固有色。这是不正确的固有色的观察方法，它是以固有的概念代替联系与比较的整体观察方法，这种方法会使人的思维僵化，束缚人的创造力。科学的方法是树立整体观念，通过联系与比较获得较为准确的色调。

联系与比较的方法适用于任何色彩体系的表现方式，无论写生色彩、装饰色彩还是设计色彩的色调训练，都要以主客观相结合的角度将画面上下左右前后层次的色块联系起来，通过明度、色相、冷暖、纯度等因素的相互比较确立占主导地位的色调，并在表现中用主色调去统领色块间的内在联系。在这里我们所说的比较，是指色调的比较，而这种比较就必须要结合色彩的明度、色相、纯度、冷暖等要素来进行。

1. 明度的比较

一般来讲，画面色调的明度层次可分为黑、白、灰三大层，这些层次要通过联系与比较来大胆概括处理。在这里虽然我们将明度划分为这三个层次，但实际上远远不止这些，我们把物象间相互临近的明度归纳为同一明度，画面上可形成3～5个层次，并确立面积最大的色块层为明度基调，就得出了高明度基调、中明度基调和低明度基调。在概括、归纳的过程中，我们还应按照形式美的法则，注意各明度层次在画面中的构成关系，如面积、位置、比例等。

2. 色相、纯度、冷暖的比较

在确立了明度基调之后，我们可以根据色调的明度的比较方法，通过联系与比较得到画面的色相基调、纯度基调、冷暖基调。其中，冷暖变化关系是尤为重要的部分，特别是在色彩组合处于同一明度或纯度层次时，把握好差别不明显的色相之间的冷暖微差倾向，会使画面增强色彩感。

色调的比较是色彩对比与和谐的关键，是确立色彩大关系的前提，也是衡量画面是否和谐的关键。有时我们在观察色调的过程中，有时会遇到因为环境、光线等原因辨别、确立色调困难的情况，这时就需要我们运用记忆中的色调来进行比较，与我们的视觉经验进行对比，从而得出正确的色调结论。这是一种记忆的比较方式，需要我们平时在生活中细心体验，并进行长期坚持的观察、分析，更需要我们不间断的进行大量色彩写生实践来做支撑。只有这样，我们才能在复杂、多变的色彩世界中找到适合的色调表现途径。

第三节　色调的训练

设计色彩研究是一个从研究光色关系入手，从感性色彩研究逐步进入理性色彩研究的过程。色调的分析、研究、训练是设计色彩的主要任务，也是色彩基础训练的有效途径。无论是设计作品还是绘画作品，以及与之相存的形式与内容等，色调都起着十分重要的作用。色调训练的目的是为了使学习者掌握色彩的大关系，提高我们对色彩的敏锐感受力和概括归纳能力，以便在实际运用中根据设计对象的功能和审美需求加以灵活地应用。这里所说的色彩关系是指色彩的主色调与诸多色彩之间的明度、冷暖、纯度的关系，色彩之间的各种对比与调和以及各种色彩因素之间的相互制约关系。由于色调的概念基本涵盖了色彩关系的各种要素，因此。我们从色调训练入手，也就能比较系统地解决色彩关系的诸多问题。通过设计色彩色调的实践训练，培养学习者从相对限定对象的光色关系与对色彩认识和写实的描绘、模仿能力，空间色彩变化认识能力和逻辑思维、抽象思维能力以及设计应用能力，并掌握色调的组织构成的内在规律，从而能够使学习者的审美能力与色彩得以整合，以便在以后的设计、绘画中能够熟练的驾驭色调的变化及运用色调的效果。

色调训练的方法有很多，可根据每个人不同的需要进行实践。在色调训练模式上可分为色彩对比与调和训练、色彩写生与记忆训练、临摹与变体训练、变色变调训练、限色训练、色调构图的小稿训练、色形的分解与重组训练、主题性色彩表现训练等多种类型。

一、色彩对比与调和训练

色彩对比与调和也称变化与统一，是色彩运用中非常普遍而重要的原则，也是绘画中获得美的色彩效果的一条重要原则。如果画面色彩对比杂乱，失去调和统一的关系，在视觉上会产生失去稳定的不安定感，使人烦躁不悦；相反，缺乏对比因素的调和，也会使人觉得单调乏味，不能发挥色彩的感染力。所以色彩对比与调和训练对于使用者的色彩关系的把握起着重要的作用，因此它也成为设计色彩教学中色调训练的重要内容。色彩对比与调和训练包括了色彩的色相、纯度、明度和冷暖等色彩要素的运用，下面就分别介绍其训练的方法。

1. 色调色相、明度、纯度、冷暖对比训练

（1）色调色相对比训练　　因色调中各色彩的色相差别而形成的对比关系为色调色相对比。画面的主色相的确立是进行艺术创作之前的首要工作，其他的色相就会与这个主色相形成一定的对比关系。各色彩的色相之间虽然互相区别，但它们并不各自孤立，每个色相本身即受到光照的影响而反应出一定的色彩相貌，同时还与周围的临近的色彩产生关系，既影响周围的色块，也改变着自身的色相、明度、纯度效果。在主色相确立后，就要注意其他色相的选择、搭配，分析其与主色相之间的关系，这样才能增强构成画面色调的计划性和目的性，使创作者的配色能力有所提高。

（2）色调明度对比训练　　因色调中各色彩的明度差别而形成的对比关系为色调明度对比。它包含了色调中各色相自身的、不加黑白无彩色明暗关系和色调中各色相混入黑与白后所产生的明暗关系这两层含义。在训练时应对照物象色彩的色调总体倾向，首先确立画面的高、中、低明度层次和强、中、弱的对比关系，然后快速地将色块表现出来，以获得画面色调明度搭配的正确关系。

（3）色调纯度对比训练　　　因色调中各色彩的纯度差别而形成的对比关系为色调纯度对比。一般来说，色调之间的纯度对比就是纯净的色彩与在纯净的色彩中混入其他色彩后所形成的较灰的色彩之间的比较。色调的纯度对比实际上是色彩的"模糊与生动"的对比，它并不是绝对的对比关系，而是在一定条件下的相对的对比。有时我们将看似较纯的色彩与较灰的色彩对比会显得很生动，而把它与纯度更高的色彩相比，就显得模糊了，这就是色调纯度对比的特点。在色调纯度对比训练中，我们可以先把物象色彩的色调关系中各色相的纯度概括为高纯度、中纯度或低纯度基调，然后再找出它们的强、中、弱对比关系，以便用某种主要的手法来表现物象色调的纯度对比关系。

（4）色调冷暖对比训练　　　因色调中各色彩的冷暖差别而形成的对比关系为色调冷暖对比。因为冷暖问题是解决诸多色彩问题的重要方法，它可以表现出最细微的色彩变化，所以与色调的明度与纯度对比相比交而言，冷暖对比在色调的运用中占有更重要的地位。在色调的冷暖对比训练时，我们可以在分析物象色调构成关系的基础上，先找出相对较暖或相对较冷的大面积色彩，用它作为画面的主基调，形成暖调或冷调，再找出与之相对应的冷、暖的对比色彩，形成强、中、弱等对比关系，从而将色彩控制在一定范围内进行组合搭配。

2. 色调色相、明度、纯度、冷暖调和训练

　　色调色相、明度、纯度、冷暖调和的目的是求得色彩中各色相关系的色相、明度、纯度、冷暖趋同性，它是由于人的视觉心理和生理的正常需求。伊顿说过："眼睛对任何一种特征的色彩都要求它的相对补色，如果这种补色还没有出现，那么眼睛会自动地将它产生出来，正是靠这个事实，色彩和谐的基本原则中才包含了互补色的规律。"获得调和的基本方法，主要是减弱色彩诸要素的对比强度，使色彩关系趋向近似，而产生调和效果。色调的调和，无论是色彩的色相、明度、纯度、冷暖调和，从色彩构成的理论上讲，只要混入同一色因素即能产生调和的效果。也就是说，只要我们所要表达的物象色彩的色相、明度、纯度、冷暖能够整理、归纳为同一空间层次，并注意与其他部分的关系，就可以取得和谐统一的画面效果。色调调和的训练方法多种多样，但不管是哪种训练，都需要我们注意的是，色调的调和要根据实际灵活运用，要通过大量的实践来训练把握对比调和关系的尺度，并力求在多样变化中求统一或在统一中求变化，只有这样才能真正取得色彩的和谐，获得对规律和技法的深层认识。

二、色彩写生与记忆训练

　　写生不仅能培养视觉美感和独特的思维，也能从自然的表象中去整理、提炼它的本质，使我们对艺术的规律有所认识与掌握，并逐步寻找到自己的艺术语言。在艺术发展史中，各个时期的艺术家均以不同的表达语言通过写生创作了不少经典之作。而且通过写生，设计师可以找到认知与感悟客观世界的途径，体现他们对现实理解的追求，并造就不同的风格面貌。因此，写生成为了色彩设计最基础、最直接、最有效的训练方式，也成为提高设计者色彩敏感性和感悟力的最佳的途径，这种形式的训练也直接影响着整个色调练习的进程。

　　色彩写生是对自然状态中物象的色彩的直接描写，着重光源色、固有色和环境色的研究与表现，研究各种不同物象的固有色在不同情况下的光源色、环境色中的变化。我们知道，自然界任何物象色彩都存在于一定的空间之内，其色彩也必然与周围物象相互影响、相互制约，从而形成一定的色彩关系。所以在学习与训练的过程中，我们应着重于眼（观察）、手（表现）、脑（分析）三位一体的协作与配合能力，训练设计者在瞬息变化中，迅速捕捉色彩，抓住物象的色彩关系，在实践中不断提高驾驭色彩的能力，这对理解和掌握色彩关系及其变化规律是至关重要的。色彩表现能力同样也是在大量写生实践中培养出来的，在写生训练中，要避免盲目性，应注重把握色调、色彩对比、色彩调和关系，用高度概括、简练的手法，快速、准确地抓好几个大色块的相互关系，使设计者通过一系列反复的练习和感悟，培养设计者用独特敏锐的眼光去感受物象，并通过色彩语言把这种感受表现出来。可以说，没有一定的色彩写生训练，就不可能对色彩有较深的感悟和认识。更不可能准确生动地把自然界的色彩丰富变化与微妙关系表现出来，色彩写生是提高色彩色调表现力的基础，它能使设计者的色彩观察能力得到提高，从而获得对色彩分析能力和概括表现能力的培养，最终实现从写生到主观意象表现的升华。

　　在进行写生色调训练的同时，可穿插练习一些带记忆性的色调训练。记忆即凭前段时间写生、临摹的训练印象，摒弃参照物，通过对色彩的整体记忆对其进行归纳、整理，对色彩的组合进行理性的分析与思考。这种形式是强化色调训练的需要，也是促使学生更加深入地观察、分析各类物象的色彩关系，更好地整合画面色调的必要手段，更是潜移默化培养设计

色彩主观表现的一个重要形式。色调的记忆训练有别于一般的默写,它更强调色彩组织的条理性。 对物象的选择可根据我们常见的、熟悉的物象来进行,依靠记忆与回忆,经过理性的分析与思考,对色彩进行归纳、分类整理,以期达到记忆中的色调的印象。这里需要指出的是:色调的记忆是整体的记忆,而不是面面俱到的记忆;记忆的方式可以是经过对物象色调关系进行观察分析后的记忆,或通过色调写生后的记忆,也可以是意象中的色调记忆。这种记忆色彩的训练,色彩必然渗入与其相关的精神内涵,色彩美的这种客观性如果与人的情感表达的主观性相结合,就会呈现出色彩鲜活的情感和迷人的魅力,这是设计艺术最好的表现手段之一。

三、临摹与变体训练

临摹是学习绘画的主要途径。不论学习何种绘画风格或技法,在整个学习过程中都包含着临摹的内容。临摹的目的,是为了研究了解大师或优秀美术作品的风格,学习其表现方法和艺术技巧,从大师那里吸收到构图、造型、色彩、技法等绘画语言的优秀的艺术营养,提高对美术作品的审美能力。因此,在色调的训练中适当地临摹一些优秀的美术作品,对提高设计色彩的创造力和表现力有着很好的促进作用。同时,通过临摹作品,还可以学习大师们创作作品的意境,主客观意识的融合,大胆的色彩变换表现,以及对艺术一丝不苟、精益求精的敬业态度。在临摹之前,对作品要先进行一些了解、分析,尽可能地理解原作精神和技法、步骤,千万不要一知半解地照葫芦画瓢。过多的临摹或对质量很差的作品临摹,甚至会产生完全相反的作用,所以要十分注意。另外我们还要注意,临摹只是奠定创作技法的基础,不可作为色调训练的唯一方法。为了提高设计者的创造能力,可以在临摹训练的过程中加入变体的练习。变体练习着重研究色与形的变化关系;或保留原作的基本色调,改变构图和造型;或不按原色彩关系重新构图和用色,体验原作品的色彩感觉并重新设色,发挥设计者的创造性,使设计者的主观艺术创造力和创作的方法、技巧在艺术实践中不断发展和创新。

四、变色变调训练

人们已经习惯了客观自然色彩规律的观察方式,对自然的物象形成了一种固定的模式。但如果我们能将物象的色调运用一种反常规的表现,有时则会升华自然,形成独特的色彩美感,取得意想不到的效果,同时这样反常规的创作对设计者的创造性思维和表现形式的训练也具有重要的作用,因此在色调的训练中可以运用变色变调的训练方法。色调的变色变调训练是以改变物象的色彩要素与色光关系为前提,面对真实的物象进行不断地观察、概括、提炼,研究客观物象在画面中形、色的主观处理和形式构成方法。通过这样的训练,将改变设计者对物象色彩的依赖,变被动为主动,更加主动地调动设计者潜在的色彩感悟力和创造力。在训练中,我们可以以色调的组合构成为中心,将自然客观的色调进行反常规的处理,如将以高明度色彩为主的色调变为以低明度或中明度色彩为主的色调,低纯度色调变为高纯度色调,调和的色调变为对比的色调,冷调变为暖调;或将自然色调根据主观意识创造,重新调配和强化物象的色彩;甚至脱离自然光影的束缚,自由的构成色调等。不管运用何种变色变调手法,最终检验的标准就是看画面的色彩关系是否正确,色调关系是否准确地表达了自己的主观意图。在具备了变色变调能力后，设计者就可以根据自己的想法和情感表达的需要，熟练地对物象的色彩进行不同的转换，形成独特的效果。变色变调训练使设计者对设计色彩的认识与理解达到一个新的阶段，为应对设计艺术对色彩的要求奠定了良好的基础。

五、限色训练

限色的训练方法也就是在设计创作过程中限制色彩使用的种类和数量。限色属于一种简化、概括，是设计色彩与写生色彩手法上的一种区别。在训练中我们可以要求设计者根据物象色块层次的组合关系，进行理性的思考和推理，在意念上求得总体的色彩主调意向，将色彩归纳为 4～6 个色相来表现其色彩层次特征。这种表现形式能够训练设计者良好的感觉方式和设计思维方式，是对高度概括与归纳物象色彩能力的强化，是训练设计者主观色彩表现的常用方式也是检验主观色彩想象能力的重要手段。这种训练要根据设计者的实际能力，灵活操作，限色不能太少，否则画面会出现死板单调，失去色彩的韵律。

六、色调构图的小稿训练

色调构图的小稿训练可以提高设计者对于色调构图的整体把握能力，强化设计者对色调美的感受力。小构图针对色相、明度、纯度、面积等色彩构成要素，按照不同色调分类的要求，结合质感肌理的技法训练，着重表现物象在不同的时间、光线、气候、季节的色调，采用抽象的手法进行快速、简练、概括、生动地表现，并将它们区别开来。这种训练手法极具有趣味性，是设计色彩色调训练及艺术创作中常用的一种方法。

七、色形的分解与重组训练

色形的分解与重组是根据物象的形、色特征，经过对形、色的概括和抽象的构成，在画面中重组，它是艺术加工提炼的重要方法，是设计者对原有色形的创新，体现出设计者对色形的追求。色与形的分解、重组实际包含了两个方面：一是关于形的问题，即将自然形态分解并归纳为抽象的符号形态，使其成为画面的构成元素；二是将物象色调作独自的剖析思考，结合个人的审美观念大胆想像，设定并强化主观的色彩基调，强调个人的情感因素，表现色彩丰富的象征和意蕴。分解是把自然物象的色形解构成新的元素，使色形的每个单元都能清晰地显现出来；重组是将分解解构物象中的美，以及新的元素重新注入新的组合结构中，使之产生新的形、色形象（如图4-34）。这种方式的训练效果较好，通过大量的练习，可以培养设计者开创性的思维能力和领悟各种构思和创意的思路与方法，设计者的想象力和创造力在恰当的指导下，有意识或无意识地从步骤过程到结果，感受一种对形、色全新的体验，为设计者进入专业阶段的命题色彩设计解决实际问题奠定了基础。

八、主题性色彩表现训练

主题性色彩表现，是以色彩的联想和色彩象征为依据，结合主题和内容采用特定的形态（抽象形态和具象形态）组构，运用色彩关系表达作品主题，它可以更加直接地表现设计者的情感与思想。主题性色彩表现是在理解色彩的特性及其象征意义的基础上，对物象表征与人的情感特征的认识和理解所进行的意象表现。它不是客观再现而是倾向于主观表现，更多地表现为心理认知。意象的表现是一种心灵感悟和体现。就意象而言，是客观物象与主观情意在创造者头脑中构成的主客观统一体，并通过想象、表象重新加以组合，形成审美意象。可以说，主题性色彩表现就是一种意象活动，一种情感符号、情感表象活动，借助一定的色彩关系构成主题，突出色彩的意义及充分表现主观的创造意识。通过主题性色彩表现，为设计者提供更为自由的色彩表现空间，从而提高设计者的主观驾驭色彩能力、想象能力和创造能力，使色彩

图4-34　小镇印象/学生作业

学习中的技能表现上升到更深层次的思维创造活动中。在主题性色彩训练中，设计者可以自选主题或在规定的主题内，凭借对大自然的感悟，对色彩的要素、色彩的视觉规律、色彩心理的情感和象征的理解，认真体会所表现的主题内涵，并结合主题确定色调，组构色彩关系，运用色彩语言强化主题的意象，依据自己的认识、自己的视角、自己的色彩语言方式及情感表达的需要，围绕主题进行充满自信的表现和大胆的创造，使个人的应变能力和主观表现能力得到极大地发挥。这对锻炼与加强设计者的色彩思维能力是大有帮助的。

在色调的训练中，除上述色调训练方式之外，还有许多色调的训练方法。在色调的训练过程中，我们应进行多元化的表现与训练，注重基础色彩教学与创造思维训练相结合以及各阶段之间的有机联系，并在各个阶段的练习过程中，目的性一定要明确，做到有的放矢。只有通过有意识地促进设计者多方位、多角度的思维训练，才有可能提高设计者的创新意识和创造能力，真正达到驾驭色彩的目的，使设计者的创造性思维与主观色调表现得到最大的发挥和展现。

思考练习题

1．不同的色调产生的色彩心理对设计有何影响？

2．色彩的色调在观察中应注意哪些问题？在设计中如何运用？

3．色调训练的方法有哪些？训练过程中应注意哪些问题？

4．以风景、静物等为题材做一张32开的冷暖色调的对比训练。

5．以风景或静物为题材在写生基础上做色彩色调的记忆训练，32开。

6．以风景或静物为题材做一张32开的高、低、冷、暖及各种色相倾向的色彩变调练习。

第五章 设计色彩的色彩表现方法与创意

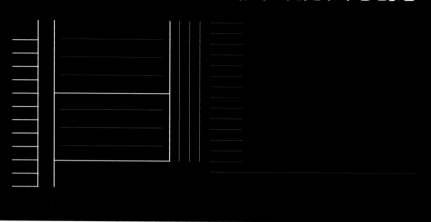

教学目的：本章是设计方法与训练阶段，旨在提升学生设计实践运用能力。通过归纳、变形、刺激调和三种设计色彩运用方法的学习，获得能自由驾驭色彩，自如运用于设计实践的运用能力。

本章重点：掌握归纳、变形、刺激调和的运用原理和设计方法。

第一节 归 纳

色彩归纳是由写实色彩向设计色彩过渡的表现形式，是在客观自然物象的色彩基础上，加以归类、精简，以达到具有一定装饰性的画面效果。这种表现方法能更加生动地体现作画者的主观思想，通过色彩归纳的学习，也能培养同学们的观察及表达能力。

一、立体归纳

立体归纳，顾名思义，是保留画面中光所营造出的立体空间关系，将客观物象中的色彩进行简化、整合，使画面既有光源色、固有色、环境色，又能体现装饰画的风格。

在表现方法上，立体归纳严格按照客观物象的形体和色彩作为描绘依据。要求用较逼真的色彩去表现对象的形体、结构、空间、位置、质感等关系，画面着重表现空间虚实关系和形体的立体空间状态，注重明暗关系的表现。

在构图方式上采用绘画中的写实构图法，遵循透视的法则以表现对象静止的、客观存在的空间样态，着重表现客观物象中的三维体积关系和纵深感，具有真实性和实在感。

变形手法是在忠实于自然物象的基础上予以适当的剪裁、取舍、修饰，对形象中特征突出的部分和美的部分加以保留，或进行艺术处理，使之产生一种净化、单纯、整体的效果。把自然中的杂乱无章、散乱无序的东西规理成章，予以条理化和秩序化。通过变化处理，使构图、构形、构色等有别于一般色彩写生的画面形式，而在整体上具有装饰特点（如图5-1、图5-2）。

图5-1　立体归纳静物　　　　　　　　　　图5-2　立体归纳静物

二、平面归纳

平面归纳则是在立体归纳的基础上将物体的光色、明暗变化及结构表现排除，把物体的立体形态作平面处理，将丰富的色彩变化作整色提炼，是一种类似投影、剪纸效果的表现形式。

这种色彩归纳方式最具有平面装饰的效果，在作画的过程中应注意物体的外形特征、画面的骨架感，注意各物体色相、明度、纯度的对比，把握画面色调倾向和主要色块构成，抛弃透视变化，强调平面组合。上色时，每种方法分别采用分面作色、勾线作色、点彩作色等不同技法，或局部变色、整体变调等处理手段，又能形成多种不同的画面效果和装饰趣味（如图5-3～图5-6）。

三、意向归纳

意向归纳是在前两种归纳方式的基础上的升华，"意向"是指人对客观事物的主观想象，"意向归纳"是指作者面对客观物象，在深入、感受、分析的基础上，展开"发散思维"，摆脱习惯思维定式，变通思维方向，纵向、横向、顺向、逆向，使其产生多种思维轨迹，形成多个图式预像，选择最佳的图式预像，并将其较好地表现出来，形成独特的富有装饰意味的画面效果。

图5-3 平面归纳静物

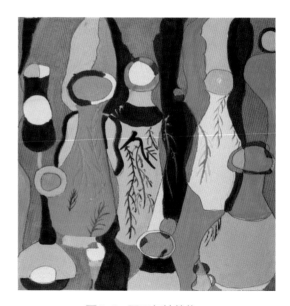

图5-4 平面归纳静物

图5-5 平面归纳静物

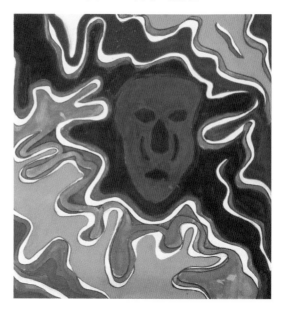

图5-6 平面归纳静物

在作画的过程中，意向归纳主要把握好对画面形、色、质的意向表现。

"形"的色彩归纳主要体现绘画中点、线、面三元素，这些元素以其简练的绘画语言将创意想象与客观形象紧密结合起来，呈现出抽象的画面风格，给欣赏者以遐想的空间。点的轨迹成线，线的轨迹呈面，灵活应用三个元素，结合色彩的搭配，形成丰富的画面效果（如图5-7、图5-8）。

"色"是意向归纳中的重点表现部分，是最为直观的表现语言，因此色的归纳首先要把握好对色彩的意向分析，也就是色彩的心理表现。如红色象征喜庆、温暖、兴奋、热情，使人联想到旗帜、火焰、成熟的果实，同时红色也给人警示、危险的信号；黄色象征光明、活泼、希望、富足、丰收，使人联想到麦穗、果实、财富；蓝色象征冷静、沉稳、永恒、清

图5-7 意向归纳

图5-8 意向归纳

爽，使人联想到海洋、寒冷、天空；绿色象征希望、生命、快捷、方便、健康、和平，使人联想到植物、春天；紫色象征性感、高贵、优雅、豪华，同时也有消极的感觉，使人联想到茄子、花卉等。

　　不同的色彩组合给人不同的心理感受，抽象绘画中形的表现得到了最大限度的简化，因此色彩成了传达画面信息的最佳载体（如图5-9、图5-10）。

图5-9 意向归纳

图5-10 意向归纳

　　"质"的体现主要表现在归纳作品中对于肌理效果的应用。肌理能使画面展现特殊的视觉和触觉效果，要完成相适应的肌理，必须把握好对材料的应用。如特殊材料（树叶、纸团等）的拓印效果；水墨的拓印效果；牙刷的喷绘效果；瓷刻画的雕刻效果，沥粉画的镶边效果，碎片（鸡蛋壳等）的拼贴效果等（如图5-11、图5-12）。

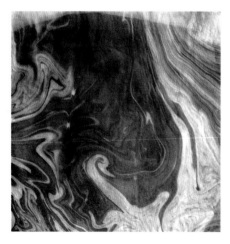
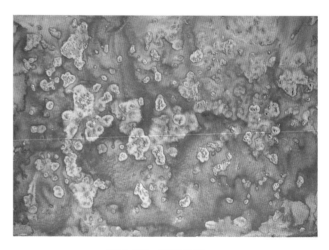

图5-11　肌理效果　　　　　　　　　　　图5-12　肌理效果

四、色彩归纳的应用法则

1. 立体化

色彩归纳练习中，无论是哪种归纳方法都是在客观物象的造型上转变而来，因此，要完成一张完整的色彩归纳作品，必须对所表现对象的立体表象有客观的认识和主观的理解，只有在这个基础上才能有的放矢。

2. 整体感

练习中往往对画面中的每个部分进行简化、归纳甚至变形，但表现的过程中要把握好整个画面丰富的层次关系，把握整体的画面效果，使画面风格统一，主题突出，形象更为完整。

3. 秩序化

秩序化旨在要求在作画的过程中，将画面内容分类表现，理清次序，使作画的步骤整体而有序的进行，画面效果主次分明，使形体、空间、结构、位置、质感等呈现出秩序感，画面具有一定的装饰特点。

4. 分阶法

分阶法是对每一个单体的物象首先确定亮、灰、暗等区阶的明暗或色彩，每一区阶的色彩纯度，明度不突破此阶区的界限，并把此阶区丰富的色彩层次概括为一个整色，如在明度序列的九级台阶中只需用1-5-9三个级数的关系就可表现出使形象主体更突出、更集中的效果。这是一种以少胜多、以一当十的提炼方法。

5. 限色法

色彩归纳主要是锻炼色彩掌控能力和配色能力，如何在画面中体现出简练协调的色彩是归纳练习的主要部分。多套色可相对自由地表现物象色彩的客观存在状态，只是对物象丰富繁杂的明暗和色彩关系加以归纳梳理。即将客观自然的色彩关系，通过色的概括或限制浓缩于画面上。少套色的设色在一定程度上有主观意象，表现中要明确、概括，以达到最为整一极致的效果。

第二节 变　形

色彩变形是运用艺术处理手法根据人的主观意愿改变自然物象，使之更趋向理想化，更具有规律、简洁的特点与艺术感染力。变形的方法很多，按照变形的程度可将它归纳为"写实变形和写意变形"。常用的变形方法如下。

一、省略法

就是简化形象，删繁就简，通过概括、提炼，使形象简化、纯洁、明确、典型精美，突出特点（如图5-13）。

二、夸张法

通常在简化的形象基础上，对物象的主要特征加以强化，使之更突出、鲜明，以增添形象的生动性和趣味性（如图5-14）。

图5-13　毕加索作品

图5-14　生日/夏加尔

三、添加法

在经过简化和夸张的形象上添加一些装饰纹样，使形象显得更丰满、充实、优美，并且还会带有某种寓意性质（如图5-15）。

四、几何法

将物象归纳、概括为一个或几个几何形进行构成组织画面（如图5-16）。

图5-15　年画

图5-16　构图/索德里安

五、支解法

即分解重构。将物象进行归纳概括为多个形象元素，然后以新的方式对元素在构图的骨架、势态、布局、位置等方面进行重构（如图5-17）。

图5-17　毕加索作品

图5-18　海星/莱热

六、解构法

结构造型有两种方法：一是二维平面的解构图形，二是三维立体的解构造型。解构的图形，一部分既有物象的常态，又删去外表呈现复杂的内部结构，两者交织在一起形成极大的反差，有很强的装饰效果（如图5-18）。

七、透叠法

将两个以上的形象重叠，其重叠的部分相互不遮挡和多层重叠交错，出现透明叠加的效果。前后形态结合成特殊形态，可以加强、充实画面，有时空感（如图5-19）。

八、悖理变形

是一种创造性思维，设计者运用悖理思维可以创造出很多合情不合理的形象，作者没有固定的思维模式，可以随心所欲地构想，凡生活中的物象都可以给以荒谬、无理的表现，显示出新的意义（如图5-20）。

图5-19　都市活动/本顿

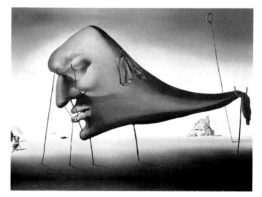

图5-20　达利作品

第三节　刺激调和

色彩的美感能提供给人精神、心理方面的享受，人们都按照自己的偏好与习惯去选择乐于接受的色彩。以满足各方面的需求。从狭义的色彩调和标准而言，是要求提供不带尖锐的刺激感的色彩组合群体，但这种含义仅提供视觉舒适的一方面。因为过分调和的色彩组配，效果会显得模糊、平板、乏味、单调，视觉可辨度差，多看容易使人产生厌烦、疲劳的不适应等。

但是色相环上大角度色相对比的配色类型，对人眼的刺激强烈，产生过分眩目的效果，更易引起视觉疲劳，而产生极不舒服的不适应感，使人心理随着失去平衡而显得焦躁、紧张、不安，情绪无法稳定。

因此，在很多场合中，为了改善由于色彩对比过于强烈而造成的不和谐局面，达到一种广义的色彩调和境界，即色调既鲜艳夺目、强烈对比、生机勃勃、而又不过于刺激、尖锐、眩目，这就必须运用强刺激调和的手法。

一、面积法

将色彩对比特点是色相对比强烈的双方面积反差拉大，使一方处于绝对优势的大面积状态，造成其稳定的主导地位，另一方则为小面积的从属性质。如中国古诗词里的"万绿丛中一点红"等（如图5-21）。

图5-21　摄影作品

二、阻隔法

阻隔法又称色彩间隔法、分离法等。

1. 强对比阻隔

在组织鲜色调时，将色相对比强烈的各高纯度色之间，嵌入金、银、黑、白、灰等分离色彩的线条或块面，以调节色彩的强度，使原配色有所缓冲，产生新的优良色彩效果（如图5-22、图5-23）。

图5-22　少女与仙鹤/丁绍光

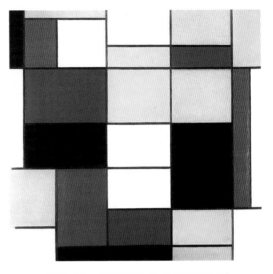

图5-23　红黄蓝的构成/蒙德里安

2. 弱对比阻隔

为了补救因色彩间色相、明度、纯度各要素对比过于类似而产生的软弱、模糊感觉，也常采用此法。如浅灰绿、浅蓝灰、浅咖啡等较接近的色彩组合时，用深灰色线条作勾勒阻隔处理，使画面形态清晰、明朗、有生气，而且具有柔和、优雅、含蓄的色调（如图5-24）。

图5-24　蒙德里安作品

在多种色相对比强烈色彩进行组合的情况下，为使其达到整体统一、和谐协调之目的，往往用加入某个共同要素而让统一色调去支配全体色彩的手法，称为色彩统调，一般有三种类型。

1. 色相统调

在众多参加组合的所有色彩中，同时都含有某一共同的色相，以使配色取得既有对比又显调和的效果。如黄绿、橙、黄橙、黄等色彩组合，其中由黄色相统调（如图5-25）。

2. 明度统调

在众多参加组合的所有色彩中，使其同时都含有白色或黑色，以求得整体色调在明度方面的近似。如粉绿、粉红、浅雪青、天蓝、浅灰等色的组合，由白色统一成明快、优美的"粉彩"色调。

3. 纯度统调

在众多参加组合的所有色彩中，使其同时都含有灰色，以求得整体色调在纯度方面的近似。如蓝灰、绿灰、灰红、紫灰、灰等色彩组合，由灰色统一成雅致、细腻、含蓄、耐看的灰色调（如图5-26）。

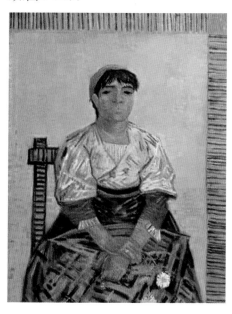

图5-25　意大利女人

图5-26　纯度纯调

使原来色相对比强烈的多方，从明度及纯度方面拉开距离，减少色彩同时对比下越看越显眼、生硬、火爆的弊端，起到减弱矛盾、冲突的作用，增强画面的成熟感和调和感。如红与绿的组合，因色相对比距离大，明度、纯度反差小，感觉粗俗、烦噪、不安。但分别加入明度及纯度因素后，情况会改观。如红+白=粉红、绿+黑=墨绿，它们组合后好比红花绿叶的牡丹，感觉变得自然生动美丽。

五、综合法

将两种以上方法综合使用。如黄与紫色组合时，用面积法使黄面小，紫面大，同时使黄中调入白色，紫中混入灰色，则变成淡黄与紫灰的组合，感觉既有力又调和，这就是同时运用了面积法和削弱法的结果。

思考练习题

1. 根据自己的研究方向运用色彩变形创作一幅作品。
2. 依据色彩调和的各种原理与方法综合运用创作一幅作品。

第六章　现代设计色彩的发展趋势及应用

教学目的：本章通过简述设计色彩在视觉传达设计、产品设计、空间设计、服装设计中的运用，引导各设计专业学生将色彩设计投入到专业设计的运用中。

本章重点：设计色彩在各专业中的具体色彩运用原理。

第一节　设计色彩在视觉传达设计中的运用

马克思曾说过，"色彩的感觉是一般美感中最大众化的形式。"由此可见色彩对人的影响力，它已成为现代设计中最重要的情意表达手段。

视觉传达设计是为现代商业服务的艺术，主要包括标志设计、广告设计、包装设计、店内外环境设计、企业形象设计等方面，由于这些设计都是通过视觉形象传达给消费者的，因此称为"视觉传达设计"，它起着沟通企业—商品—消费者桥梁的作用。视觉传达设计主要以文字、图形、色彩为基本要素的艺术创作，在精神文化领域以其独特的艺术魅力影响着人们的感情和观念，在人们的生活中也起着十分重要的作用。

一、设计色彩与包装设计

包装设计的艺术化设计，可提高读者的阅读兴趣，从而加深对其思想性、文化性和知识性的认识。包装上的色彩是影响视觉最活跃的因素，因此包装色彩设计很重要，包装色彩学是研究并阐明自然色彩现象的基本规律、色彩美的规律以及色彩在人们生理和心理上所产生的视觉效果的科学。同时还是研究色彩设计方法、色彩描述理论和色彩复制技术的科学。

1. 包装色彩是写生色彩与装饰设计色彩的有机统一

包装色彩是写生色彩与装饰设计色彩的有机统一，包装色彩必须以实际商品的色彩作为描绘的依据，但并不受商品色彩的限制和束缚，可以在商品色彩的基础上进行概括、提炼，也可以根据装饰美的需要，大胆地进行主观想象和创造，从而赋予商品包装特定的情感和内涵（如图6-1）。

图6-1 "金秋遐想"茗茶包装盒设计

2. 包装色彩是色彩感性认识和理性分析的有机结合

图6-2 包装袋设计/陈幼坚

设计师根据自己的思想感情与创造，将写生色彩的感性认识与装饰设计色彩的理性认识熔铸在作品中，运用各种艺术手法与技巧，对自然色彩进行重新组合，使色彩的艺术感染力得到充分的发挥，可以达到更为理想的效果，更好地表现出设计作品的主题（如图6-2）。

写生色彩与装饰设计色彩的共同基础是自然色彩。写生色彩要求绘画者能细腻的感受到自然景物的光源色、环境色、物体色的相互关系和变化规律。装饰色彩则着重于发现和研究自然色彩的形式美，研究自然色调中各种色相、明度、饱和度之间的对比及调和规律。

3. 包装设计的总色调和面积因素

总色调和面积因素是包装设计的两个重要因素。

（1）总色调 包装色彩的总体感觉是华丽还是质朴，都是取决于包装色彩的总色调。色调直接依据色相、明度、纯度来具体体现。如明调、暗高、鲜调、灰调、冷调、强调、弱调、软训、硬调、重调等。

（2）面积因素 除色相、明度、纯度外，色彩面积大小是直接影响色调的重要因素。色彩搭配首先考虑大面积色的安排，大面积色彩在包装陈列中具有远距离的视觉效果。另外，在两色对比过强时，可以不改变色相、纯度、明度、而扩大或缩小其中某一色的面积来进行调和。

在众多的商品包装设计中，都试图以最快捷、最醒目、最悦目的方式来吸引消费者注意。

丰富的色彩传递着各种不同的情趣，展示着不同的品质风格和装饰魅力（如图6-3）。

图6-3 "维维"豆奶粉包装设计

二、设计色彩与平面广告设计

平面广告已是人们生活中衣食住行一个重要的影响因素，大家在购买生活必需品、消费品的时候，一般都会选择那些有广告、有品牌的产品，感觉这些产品比较可靠、有保障。广告的目的主要是为了推销一种产品、宣传一个品牌，让消费者接受和了解，因此广告公司的设计师们在帮客户制作广告的时候，必须将产品和市场、消费者心理结合起来。

色彩是广告表现的一个重要因素，广告色彩的功能是向消费者传递某一种商品信息。广告色彩对商品具有象征意义，通过不同商品独具特色的色彩语言，使消费者更易识别和产生亲近感，商品的色彩效果对人们有一定的诱导作用。

人们在观看平面广告的瞬间，最先感受到的是色彩的效果，并由此给人以色彩的整体印象，鲜艳亮丽的色彩有助于广告增大其注意力的价值，使色彩可以吸引或愉悦消费者的眼睛。

色彩有助于烘托广告主题、加强广告画面情调的渲染和意境的创造，从而增强广告的吸引力，引起读者感情上的共鸣，给人留下深刻的印象，起到较好的广告效果，因此在广告设计中色彩在很大程度上决定作品的成败（如图6-4、图6-5）。

色彩能比文字更绘声绘色地告诉人们这些产品的优点和特色。如果消费者曾经在杂志广告中见过某种食品的包装或商标，那他们在超级市场里就更易对之进行辨认，并迅速作出购买决定。同样，黑白广告与双色广告及彩色广告相比，其注目率是不同的。

现代平面广告设计是由色彩、图形、文案三大要素构成的。图形和文案都离不开色彩的表现，色彩传达从某种意义来说是第一位的。一些令人难忘的、绚丽新颖的成功广告设计作品，都与色彩的作用密不可分。

如今的色彩已不只是一种视觉的、感性的知觉形式，它更是一种观念性的阐释和象征性的比附。

因此，色彩在设计中起着先声夺人的作用它在广告设计中的地位变得越来越重要。色彩不仅在画面中有均衡构图的作用，还传达着不同的色彩语言，释放着不同的色彩情感，从而使观看者与画面进行良好的沟通，起着传情达意的交流作用。

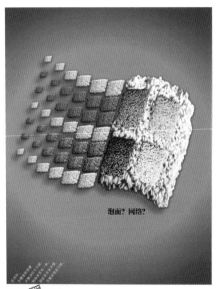

图6-4　网络生活　　　　　　　　　　图6-5　和平与发展

三、设计色彩与标志设计

标志设计中，色彩代表一定的心理表现，它必须要是易于识别的，才能被广泛运用在一系列的图形设计中，而且我们会看到一些在心理上能引起共鸣的著名的代表色，以及从该色彩所联想到的东西。色彩是标志设计产生视觉冲击力和感染力的重要因素，在现代的标志设计中，科学的、合理的运用色彩是标志设计成败的关键因素。

在标志设计中，我们有很多色彩可以选用，但一定要选择最合适商品需要的色彩，不同的色彩、色彩搭配会给消费者带来不同的感受。

第二节　设计色彩在产品设计中的运用

一、色彩在产品设计中的作用

对于产品设计来说，色彩通常具有心理和结构两种功能。产品色彩使用不当就会成为一种视觉污染，会使人们容易加剧工作、生活的紧张感。合理的产品色彩构成设计在创造舒适的作业、工作和生活环境方面具有重要意义。比如，通过色彩调节可使环境变得更加明亮，减轻眼睛和全身的疲乏，增强工作的乐趣，提高劳动效率，创造一个特定的环境，体现某种风格和情调，还能减少事故和灾害。首先，特定的色彩具有特定的视觉含义，例如，红色，是强烈的刺激色，多用于提示危险的标志、火警、消防栓等；黄色，是醒目色，通常用作警示，在电动工具的设计上比较常见；而蓝色具有平静、凉爽的特点，在工业中用作管理设备上的标志；相对柔和的绿色，对人的心理很少有刺激作用，不易产生视觉疲劳，给人以安全感，在产品设计中多用作安全色……当然其他颜色，也有广泛的作用，尤其是白色，具有减色的作用，加入适量的白色来提高其明度来减少强烈的色彩感受。其次，色彩的设计还要适合产品的特性、功能与使用环境。例如，儿童玩具要符合儿童的审美心理与生理需要，多用五彩缤纷的高明度、高纯度的色彩；办公用品多突出整洁、冷静、理性的特性，而选择暗色调或灰色调，较少用刺激、明快的纯色。

色彩的结构功能，是指色彩影响物体被察觉方式的能力，也就是说通过不同的色彩设计可以影响观察者的视觉感受。在这种情况下，色彩就成了可以影响产品可见结构的手段。运用色彩可以实现形态的表面分割、产生视觉的中心，甚至改变不能令人满意的比例等。色彩对于产品设计的影响通常通过以下四种方法来发生作用。

① 突出重点：在产品的重要部分或者运动部件上，涂上纯度极高的橙黄色，可与产品的其他部分相对比，同时也起到了突出重点和警示的作用。

② 分隔与联系：产品不相连的独立部分可以通过使用恰当的色彩在视觉上实现互相分隔或相互联系，使产品在视觉上达到统一中有变化。

③ 比例与方向性：一件产品的视觉比例能通过将其表面分隔出不同的色块而得到加强或改变。例如，汽车驾驶室前挡风玻璃的下方饰以深色镶板，可改变其比例感觉，使其前窗显得更为宽敞。如果利用水平分割线，则可以强化产品水平移动的方向性。

④ 轻重感：由于深浅不同的色彩会使人联想起轻重不同的物体，因此，不同的色彩会产生不同的轻重感。一般在纤细形状的产品的底部会运用深色来加强其稳固、稳重的感觉。

二、设计色彩在产品设计实践中的运用

在实践中，产品色彩的选择是将两种截然不同的考虑结合起来进行的。首先，可根据色彩本身的性质来选择。例如，方正科技工业设计部的设计师们曾巧妙运用了明黄、深褐等富有浓重宗教气息的色彩搭配，设计了一款用于正确诵读经文的佛教电子阅读器——般若法藏念诵本，整个产品虽然造型简洁质朴，但由于设计师结合色彩和佛家常用金巴扎细纹等符号语言，突出了佛学厚重感和文化神秘感。

其次，则是从市场作用、流行倾向等方面进行考虑。例如，格兰仕的色彩空调设计，就是以满足顾客需求为导向，而推出的"颜色"产品。格兰仕通过推行"颜色空调"的产品定位，以颜色区分产品价格，不仅起到了重新细分空调市场，还引导了消费潮流，带给消费者更多合适的选择，使空调与家具环境配合更协调。

此外，在不同的材质下运用相同的色彩效果是不同的，在不同的环境下使用的色彩也是不同的，不同性质的产品也需要有不同的色彩。例如，将蓝色的灯光打在银色的材质上会给产品带来更特别的效果，可以用来表现产品的High-Tech（高科技）与Fashion（时尚）。

就本质而言，颜色并没有好看与难看之分，我们设计者需要借助丰富多彩、各具特色的色彩，来带给人震撼，来完美我们的设计。在设计中我们要表达的不仅仅是美观和功能的划分，更重要的是人性化的体现和设计者的创意以及与周边环境的搭配与协调。

为确保产品色彩方案的最大成功，设计师应该做到以下三个方面：

第一、要收集产品的销售资料，以确认资料提供的不同色彩方案的流行程度；

第二、如果可能，应该收集竞争对方的产品色彩系列以及其销售情况；

第三、要收集对于未来色彩流行趋势的预测资料。

生活是色彩斑斓的，好的产品设计只有结合色彩设计才能得到完美的体现，这就需要我们对色彩构成在产品设计的应用影响做进一步的研究、分析、探讨，让丰富的色彩在产品设计的舞台上发挥出更大的作用，使产品的设计更合理、更完美、更人性化。

第三节 设计色彩在空间设计中的应用

色彩设计往往贯穿于空间环境设计的始终，并对已完成的空间设计作品和人的心理有着很大的影响。空间设计主要分为建筑设计、室内设计、景观设计、城市规划设计等。

一、影响空间设计的几个方面

1. 形式和色彩服从功能，充分考虑功能要求

空间色彩主要满足功能和精神要求，目的在于使人们感到舒适、方便。首先应分析每一空间的使用性质，由于使用对象不同或使用功能有明显区别，空间色彩的设计就必须有所区别。

2. 力求符合空间构图需要

空间色彩配置必须符合空间构图原则，充分发挥色彩对空间的美化作用，正确处理和谐和对比、统一与变化、主体与背景的关系。此外，空间色彩设计要体现稳定感、韵律感和节奏感。为了达到空间色彩的稳定感常采用上轻下重的色彩关系。空间色彩的起伏变化，应形成一定的韵律和节奏感，注重色彩的规律性，切忌杂乱无章。

3. 利用色彩改善空间效果

充分利用色彩的物理性能和色彩对人心理的影响，可在一定程度上改变空间尺度、比例、分隔、渗透空间，改变空间效果。

4. 注意民族、地区和和气候特点

符合多数人的审美要求是空间设计的基本规律。但对于不同民族来说，由于生活习惯、文化传统和历史沿革不同，其审美要求也不同。因此空间设计时，既要掌握一般规律，又要了解不同民族、不同地理环境的特殊习惯和气候特点。

二、在空间设计中要考虑的因素

1. 色彩与空间

基于色彩的纯度、明度不同，还能造成不同的空间感，可产生前进、后退的效果。明度高的暖色有前进感，明度低的冷色有后退感。色彩的空间感在环境布置中的作用是显而易见的。比如在空间狭小的房间里，可用产生后退感的颜色，使墙面显得遥远，可赋予空间开阔的感觉。

2. 色彩与人的情绪

色彩的明度和纯度也会影响到人的情绪。明亮的暖色给人活泼的感觉，深暗色给人忧郁感。白色和其他纯色组合时会使人感到活泼，而黑色则是忧郁的色彩等。这种心理效应可以被有效的运用。

在现代空间设计中，利用色彩固有的视觉效果改善和加强空间造型的整体性，空间中的色彩表现在与光源、投影、材料和环境特性的众多关系中。

1. 空间造型与色彩

空间中的色彩运用始终与空间的造型相关。造型对色彩有一定的具体要求，而色彩又以其特有的功能和调节作用赋予造型以强烈的个性特征。因此，造型离不开色彩的表现，形与色是相互影响的。空间造型中的色彩处理方式以对比、统一为原则。

2. 环境与空间色彩

色调是色彩的主旋律。空间设计中的色调，是由功能、结构、造型风格以及人文环境等因素来决定的。而空间周围的环境的不可变因素给空间外形色彩设计带来一定的限制，这要求设计师以空间的总体色彩与环境相协调，应借助于色彩设计中统一、变化的原理来实现。

3. 光影与色彩

空间中的光影效果，主要来自于自然光和人工光的投射。由于人工光源的照射方式不同，光影在空间造型中产生的色彩效果也就不同。自然光影由于具有可变性，故空间造型和色彩也随之产生相应的形态、色彩上的变化。

4. 材料与空间色彩

材料是空间设计中必不可少的重要因素，它以其特有的质地、性能和色彩直接影响建筑的色彩与造型风格。各种材料的运用不仅丰富了现代环境的色彩表现，而且也为建筑的造型设计带来了许多可能性，并在光影、造型的结合中体现出材料的特有的色彩魅力。

综上所述，空间环境的色彩设计时应注意以下几个方面：

① 色彩与其使用功能、要求相适应；

② 色彩与自然环境相协调；

③ 色彩通常从属于材料的要求，并按空间形式的分类确定色彩；

④ 色彩应考虑到国家、民族、宗教以及地域的特点，并具有一定的时代感；

⑤ 色彩的选择应注重光影对色彩的各种影响；

⑥ 色彩的处理应受到空间构造与技术条件的限定。

第四节　设计色彩在服装设计中的运用

这世界之所以美，是因为它充分表现了色彩的机能，而色彩又赋予了世界吸引人的面貌，所以色彩是美的最重要因素。用色彩来装饰自身是人类最冲动、最原始的本能。无论是古代还是现在，色彩在服饰审美中有着举足轻重的作用。每一个历史时代，人们的穿着打扮，不仅体现防暑、御寒的使用功能，而且也是特定时代文化、民族文化的缩影，是特定文化的一部分，在一定程度上反映出社会的政治、经济状况及民族心态。构成服装的基本三要素为色彩、款式和面料，而色彩又常常被视为服装美的灵魂和生命，是视觉中的最响亮的语言，具有"先声夺人"的作用。色彩设计是组成服装美感不可缺少的语言和最有力的表达。

因此在服装设计中，对于色彩的选择与搭配要充分考虑到不同对象的年龄、性格、修养、兴趣与气质等相关因素，还要考虑到在不同的社会、政治、经济、文化、艺术、风俗和传统生活习惯的影响下人们对色彩的不同情感反映。例如，我国历代皇朝崇尚黄色，认为黄色是天地的象征，使黄色赋予威严华贵、神圣的联想。而黄色在信仰基督教的国家里却被认为是叛徒犹大服装的颜色，是卑劣可耻的象征。因此，服装的色彩设计应该是有针对性的定位设计。

在设计中，色彩的搭配组合的形式直接关系到服装整体风格的塑造。设计师可以采用一组纯度较高的对比色组合来表达热情奔放的热带风情；也可通过一组彩度较低的同种色组合体现服装典雅质朴的格调，在服装设计中最常用的配色方法有：同种色配合、类似色配合、对比色配合、相对色配合四种。

一、同种色的服装配色

同类色配合是通过同一种色相在明暗深浅上的不同变化来进行配色（如图6-6）。

二、类似色的服装配色

类似色配合是指在色相环上60度范围内色彩的配合，给人们温和协调之感（如图6-7）。与同类色配合相比较，色感更富于变化，所以它在服装上的应用范围比同种色配合更广。

图6-6　同种色配色，要注意色彩的明度对比　　　图6-7　近似色配色，色彩丰富而谐调，是服装最常用色彩搭配形式

三、对比色的服装配色

对比色的配合是指色相环上120°～150°范围内的色彩配合，所体现的服装风格鲜艳、

明快，多用于运动服、儿童服、演出服的设计中（如图6-8）。

四、相对色的服装配色

相对色配合是指色相环上180度两端两个相对色彩的配合。其效果比对比色配合更为强烈。在相对色配色中要注意主次关系，同时还可通过加入中间色的方法使对比效果更富情趣（如图6-9）。

图6-8　对比色搭配，色彩鲜艳，跳跃性强，注意面积的配置

图6-9　互补色配色，色彩对比最强烈，注意中性色的运用

服装的功能不只是为了生存御寒，更主要是为了装饰自我，表现自我。它不仅左右穿着者的生活情绪，同样也刺激它们的感官。因此，我们在进行服饰色彩的设计时，首先应了解不同的色彩，并恰如其分地表达出穿着者的形象，以及不同穿着者的不同个性。

例如，冷色调服装在视觉上更加显瘦，暖色调的则有丰满之感；白肤色的人适合穿咖啡色的服饰，黑肤色的适合穿高纯度色调或高明度色调的服装；个子矮的人适宜比较淡而柔和的色调，上下装最好是同色；高个子的人适合上下装的对比比较强的服装等（如图6-10、图6-11）。

另外，人的气质、性格也会影响服装的色彩设计。性格开朗的人选配高明度、高纯度的色彩；内向文静的配冷色调略显神秘的色彩；稳重成熟的选配中低纯度或明度的色彩（如图6-12、图6-13）。

只有充分理解和认识服装设计色彩的奥秘，才能更加贴切地感受它，使色彩真正成为展示自我的表现形式。

服饰色彩与其他的设计色彩最大的区别在于，它是以面料为媒介来表现的。面料质地的不同，如软、硬、挺括、柔软、粗糙、平滑、起毛感、褶皱感等，都会对色彩有很大的影响。同一颜色，在不同的面料上，会有完全不同的感觉。因此，面料与色彩，是互相依存，又互相制约的关系。只有使服装的色彩设计充分展现出材料的美，才能达到最好的设计色彩

图6-10　冷色调使人显瘦　　　　　图6-11　暖色调使人丰满而又张扬

图6-12　暖色调产生活泼之感　　　　图6-13　冷色使人文静

　　的表现效果，才能最充分地体现设计色彩的价值（如图6-14～图6-16）。

　　　　同时，色彩是赋有鲜明的时代感和时髦性的。色彩专家以其尖锐的洞察力，把来自消费市场的时新色彩加以归纳、提炼，并通过预告推而广之，蔚然成风，形成流行色。目前国际流行色委员会每年两次例会以预测来年春复和秋冬的流行色趋向，并通过流行色卡、时尚杂志和纺织样品等媒介进行宣传。在现代服装设计中，流行色的应用更为广泛，新潮款式和流行色彩的结合日益密切。因此设计师仔细分析研究流行色周期的规律，掌握流行时机，及时推出符合人们审美要求的新潮服装，才能扩大市场销售。

图6-14　毛线质地体现出　　　图6-15　三宅一生通过面料来表现
　　　　厚重质感　　　　　　　　　　　　服装美

图6-16　丝缎体现出华丽高贵之感

思考练习题

1. 通过调研，分析色彩在包装设计、平面广告设计、产品设计、空间设计与服装设计等应用中的具体表现。

2. 运用服装的常用配色方法，做同一种服装造型四种配色练习。

参考文献

［1］早坂优子. 配色宝典. 刘彤扬译. 北京：中国青年出版社，2007.

［2］云南治嘉. 色彩设计. 刘彤扬译. 北京：中国青年出版社，2006.

［3］章翔，徐甘霖. 设计色彩基础. 成都：电子科技大学出版社，2006.

［4］王欣，王鑫. 色彩构成. 武汉：湖北美术出版社，2005.

［5］约翰内斯·伊顿. 色彩艺术. 杜定译. 上海：上海美术出版社，1985.

［6］王伟. 设计色彩. 沈阳：辽宁美术出版社，2009.

［7］张晓雯. 论色彩写生中的观察方法. 山东文学·下半月,2009,（01）.